Annette Mingels

Puppenglück

Annette
Mingels

Puppenglück

Roman

Zytglogge

Für Barbara

Copyright	Zytglogge Verlag Bern, 2003
Lektorat	Bettina Kaelin
Umschlagfoto	Thomas Keller
Satz und Gestaltung	Zytglogge Verlag Bern
Druck	Ebner & Spiegel GmbH, Ulm

ISBN 3-7296-0658-1

Zytglogge Verlag Bern, Eigerweg 16, CH-3073 Gümligen
info@zytglogge.ch, www.zytglogge.ch

1

Bestandsaufnahme: Es ist Donnerstagmorgen und ich bin gestern verlassen worden. Nicht nur ein bisschen, so für eine Nacht oder zwei, sondern ganz und gar.

Wir sassen am Tisch in der Küche. Er ist gerade gross genug für uns zwei. Ich schaute dem Tee in der Kanne zu, wie sich die Kräuter im Glaseinsatz voll sogen und das Wasser braun färbten. Einzelne Fasern schlichen sich aus dem Sieb und schwebten ziellos umher, Möwen überm Meer. Am oberen Rand des Glases bildeten sich Perlen, die langsam zerrannen, um zurückzusacken ins Wasser, aus dem sie gekommen waren. Ich wartete, bis der Tee dunkel war. Wir mussten uns beruhigen.

Paul sagte, es habe keinen Sinn, ich sei nun einmal, wie ich sei. Ich hörte ihn wohl, aber vor allem betrachtete ich ihn: Nur auf einer Ecke des Stuhles sass er, eine unwillige Falte zwischen den Brauen, den Mund gequält verzogen, die Stirn immer wieder in die linke Hand stützend, während die rechte die Tasse drehte. Ein Knopf an seinem Hemd hing an einem dünnen Fädchen, bereit, sich jeden Moment fallen zu lassen. Bisweilen klang Pauls Stimme ganz zittrig, als hätte er nicht genug Luft zum Sprechen und müsste haushalten mit dem Atem.

Ich nippte am Tee, der meine Lippen fast verbrannte, und versuchte, trotz des Schmerzes, immer grössere Schlucke zu nehmen. Der Kühlschrank summte rhythmisch und das Wasserrohr knackte. Während Paul mir meine Lethargie vorwarf, betrachtete ich den Korb fürs Brot. Bei alldem war ich aber nicht unbeteiligt, und um ihm das zu beweisen, schaute ich oft fragend oder verstehend, sagte auch einmal ja und: Du hast Recht. Und als er um Verzeihung bat, nickte ich schnell und sagte: Ebenso.

Trotzdem hatte ich ihn aber wohl nicht ganz verstanden. Denn als er meine Hand nahm, sie an seine Lippen führte, wollte ich ihn an mich ziehen, uns einen Weg zum Bett bahnen, über die Kleider, die Tasche und die Schuhe hinweg. Aber Paul schüttelte nur den Kopf und sagte: Leb wohl!

Ein wenig war es wie im Film. Aber dann wunderte ich mich doch, als er die ganze Nacht nicht zurückkam. Und hätte gern zurückgespult.

2

Vier Tage sind es nun, dass ich alleine bin, und hinzu kommen noch einige Stunden, doch müsste ich hier schätzen, da ich den Anfang vom Ende ganz einfach versäumt hatte.

Wenn ich morgens aufwache und meinen Kopf anhebe, so dass die Schultern sich ein bisschen vom Kissen lösen, kann ich meine Füsse sehen. Manchmal winke ich mir mit den Füssen zu, die roten Zehennägel sehen aus wie grosse und kleinere Blutstropfen, und wenn ich mich so selbst begrüsse, stehe ich auch bald auf. Es kommt aber auch vor, dass es mir nicht gelingt, mir zuzuwinken, dann bleibe ich liegen. Immer wieder versuche ich, in eine schöne Vorstellung hineinzukriechen. Ich verberge mich unter der Decke, als wäre ich da schon drin im Traum, und stelle mir vor, wie mich jemand anschaut und mir zulächelt, Bewunderung im Blick, und ich lächle zurück, jemand küsst mich, meine Wangen und die dünne Haut der Schläfen, doch weiter gehe ich erst mal nicht, und stelle ich mir das so vor, habe ich keinerlei bitteren Geschmack im Mund und auch gar nicht das Gefühl der Angst, das im Bauch anfängt und sich in mir ausbreitet, bis in meinen Kopf hinein, in dem sich die Gedanken drehen und manchmal erschrocken stehen bleiben, weil mir alles einfällt, spätestens wenn ich richtig aufwache. Still verharren ist fast wie Zeit anhalten.

Nach zwei Tagen, die ich ohne eine einzige Idee am Schreibtisch in der Agentur verbracht hatte, riet mir Susanne, Urlaub zu nehmen. Und das habe ich dann gemacht, und hier sitze ich nun zu Hause und mache Urlaub.

Vor drei Stunden habe ich meine Zimmerpflanze gegossen; eine einzige habe ich, und die wird langsam braun in den Blättern, ich weiss nicht warum. Ich lasse Wasser in die Badewanne laufen, steige am Kopfende ein, gleite langsam hinein, sehe, wie sich Bläschen auf meiner Haut bilden, schaue in den Spiegel, der gegenüber der Wanne hängt. Mein Gesicht ist dampfumwölkt und mein Haar sieht vor Feuchtigkeit fast schwarz aus, an den Schläfen kringelt es sich. Wie kann man jemanden mit so grossen braunen Augen verlassen, mit so festen kleinen Brüsten und solch schönem Hals, frage ich mich.

Wenn ich die Augen schliesse und unter das warme Wasser gleite, höre ich das Leben in leisen unterirdischen Tönen; dumpf sind die Bewegungen im Haus, ich höre das Tropfen des Wasserhahns und wie mein Körper an der Wanne reibt, schliesslich meinen Herzschlag, und dann tauche ich auf, hole tief Luft und öffne die Augen, für die die Welt kurz verschwunden war.

Später sitze ich im Flur auf dem Boden, betrachte mich wieder in einem Spiegel, sehe, bevor ich sie spüre, die halbe Katze, wie sie an meinem Arm entlangstreicht, ihr Fell elektrisiert von meinem Pullover.

Der Kirschbaum vor meinem Balkon ist blütenlos, der Liegestuhl zusammengeklappt, das weisse Badetuch hängt über dem Geländer, eine Friedensfahne, doch niemand reagiert. Um Viertel vor eins höre ich das Klappern der Briefkästen, und bevor der Postbote den Vorgarten verlassen und sein gelbes Mofa wieder bestiegen hat, bevor er die Briefstösse für das nächste und übernächste Haus in der Hand hält, weiss ich schon, dass mir niemand geschrieben hat ausser der Bank. Von Paul kein Wort.

3

Ich könnte bei ihm anrufen.

Hallo, würde ich sagen, ich bins, Inga, und ich wünschte sehr, dass ich dabei unbeschwert klänge, wie geht es dir? Gut? Na, das freut mich, würde ich weitersprechen und dabei ein wenig lachen, um zu zeigen, wie sehr mich das freut, dass es ihm so gut geht, ohne mich, und dann würde ich ihn vielleicht nach meinem Lieblingspullover fragen, ja, der graue aus Kaschmir, würde ich sagen, der mit dem runden Ausschnitt, liegt er bei dir? Aber wenn Paul dann kurz überlegen und schliesslich sagen würde, dass der Pullover nicht bei ihm ist – wie soll er auch, er ist ja hier, bei mir –, wüsste ich nicht weiter. Ich könnte nach den Dingen fragen, die ich in seinem Badezimmer zurückgelassen habe, oder nach meinen Büchern, die noch bei ihm sind, meinen Filzpantoffeln, meinem schwarzen Wollschal.

Ich könnte auch vorbeigehen, was allerdings schwieriger wäre, weil es sein könnte, dass ich rot würde bei der Lüge, ich sei gerade zufällig in der Gegend, oder dass – noch schlimmer – meine Hände, meine Stimme zitterten.

Vielleicht sollte ich ihm einen Brief schreiben: Lieber Paul, warum, warum, warum? Erkläre es mir, diesmal hör ich zu, wirklich, keine Tee-Betrachtungen und kein Nur-Beobachten und Gehör-Abstellen, diesmal bin ich ganz Ohr. Ist es wirklich vorbei? Bitte nicht.

Oder die überlegene, abgeklärte Version: Hallo, Paul, es war schön mit dir, doch wie es jetzt ist, ist es sicher besser. Ich werde dich nie vergessen, und solltest du einmal Hilfe brauchen oder eine Freundin, die dir zuhört und dich versteht – ausgerechnet! –, melde dich bei mir. In aller Freundschaft und mit Dank für die fünfeinhalb wunderbaren Jahre, deine Inga.

Oder die gemeine Attacke: Mein lieber Paul! Nun ist es also endgültig vorbei – und ich muss sagen: Bravo! Ich gratuliere. Du hast endlich verstanden. Nimm es bitte nicht persönlich, aber es war aus, bevor du es auch nur ahntest.

Vielleicht doch lieber nur eine Karte mit einem Bild darauf, das mehr sagt als die wenigen Worte, die ich auf der Rückseite platzieren könnte. Kein Tierbild, auch nichts offensichtlich Erotisches, sondern etwas Witziges, geistreich an die gemeinsame Vergangenheit Erinnerndes. Aber was?

Oder ich kaufe ihm eine CD, die er mag, oder einen Hamster, den er irgendwann mögen könnte. Er müsste Inga heissen. ‹Die neue Inga›, würde ich auf den Karton schreiben, in dem ich ihn brächte, und er würde die ganze Nacht durchs Haus laufen, Tapeten und Kabel anfressen, und am Morgen könnte er nur mit Knäckebrot wieder in den Käfig gelockt werden, wo er sich im Heu vergraben würde, um zu schlafen, solange es hell ist.

Am Ende mache ich dann gar nichts, rufe nicht einmal an, weil ich mich nicht traue, und frage mich, wie das alles so weit kommen konnte und warum ich, als ich das letzte Mal bei Paul anrief, nicht merkte, dass es das letzte Mal war. Geredet habe ich da, wie sonst auch: Ich bins, habe ich gesagt, und gleich sagte er, ah, Inga, und schon war ich ein wenig genervt; wenn man mehrmals in der Woche miteinander telefoniert, muss man sich doch nicht mehr so hörbar übereinander freuen, auch wenn wir uns damals seit zwei Tagen nicht gesprochen hatten. Wir müssen reden, sagte ich, und Paul antwortete: Gut, ich komme, in einer Viertelstunde bin ich da. Du brauchst dich nicht zu beeilen, sagte ich und Paul klang plötzlich besorgt, gehts dir gut?, fragte er, und ich sagte: Ja, schon, wenn nur die Hitze nicht wäre –.

Um sechs Uhr vierunddreissig, am fünften Tag, meldet sich Nelly bei mir. Ganz in Grün steht sie vor meiner Tür, lacht, hat einen Strauss auf dem Arm, und sie weiss, wie schön sie aussieht, wenn sie das Rot ihrer Haare mit Grün unterstreicht, und auch die Blumen ruhen so makellos auf ihrem Arm, dass ich sie kaum annehmen mag – mit ihnen ist sie einem Bild von Manet entstiegen.

Wir sitzen auf dem Sofa, trinken Kaffee und Wein, essen Kekse und Käse, und ich bin froh, dass Nelly erzählt und nur einmal plötzlich leiser wird, mich ernst anschaut und ‹Du, wie geht es dir?› fragt, und dass ich lächeln und ein paar Zähne zeigen und sagen kann: So weit gut, und immer besser. Dann trinken wir auf das Leben, auf die Frauen, verdammen die Männer und schliesslich auch die Polizisten, mit denen Nelly sich, kaum dass sie endlich den Führerschein hat, immer wieder streitet, weil sie zu schnell fährt und falsch parkt, und die sie verfolgen, wie sie glaubt. Ein bisschen paranoid ist sie schon.

Als sie gehen muss, um ihren Vater im Krankenhaus zu besuchen, nimmt sie mich in den Arm. Lass dich nicht runterziehen, sagt sie, und dass das Leben immer noch schön sei, und ich ja ohnehin.

4

Ich weiss, wie schön ich bin. Ich sitze im Café, vor mir liegt die Zeitung, doch ich blättere nur und schaue in die Runde, selbst im hintersten Winkel entgeht mir nichts, aber ich beobachte unauffällig; meine Nase leicht in die grosse weisse Tasse getaucht, lasse ich meine Blicke umherschweifen. Viele Männer sehen mich an und versuchen, es nicht zu zeigen, blättern wie ich in Zeitungen, schauen herüber, wenn ich scheinbar lese, und schaue ich zurück, sehen sie schnell weg.

Nur einer hält meinem Blick stand, und der hat graue Haare und ein schönes Gesicht. Seine Augen müssen hellgrün sein, und sein Hemd ist blau wie seine Hose. Wir blicken uns an, ziemlich lange, am Ende muss ich wegschauen, weil ich sonst rot würde, und als er dann an meinen Tisch kommt, werde ich es doch. Darf ich mich zu dir setzen?, fragt er, und ich sage ja, viel zu eilfertig und plötzlich schüchtern, und räume meine Tasche beiseite, so hastig, dass die Zeitung vom Tisch fällt, dann setzt er sich und wir nehmen beide unsere Kaffeetassen in die Hand und prosten uns zu und lachen.

Vor dem Fenster beginnt der Abend. Um Brunos Augen sind kleine Fältchen, wenn er lacht, und wenn er redet, stösst seine Zunge leicht gegen die Schneidezähne, ein bisschen klingt sein ‹S› darum wie ein ‹Sch›. Schmal ist der Grat seiner Nase, flach und rosig sind seine Fingernägel und die grünen Blicke voller Möglichkeiten, und mir fällt ein, dass es heute sieben Tage her ist, dass Paul mich verlassen hat; wenn die Welt ein Kreis ist, beginnt sie nun von vorne, und ich muss lachen, als ich das denke, und Bruno lacht auch, glücklich darüber, dass ich ihn amüsant finde.

Ich muss jetzt gehen, mein Hund wartet auf mich, sagt Bruno, nachdem er auf seine Uhr geblickt hat – sind Stunden vergangen, seit er an meinen Tisch kam? –, aber er sagt, dass er sich gerne weiter mit mir unterhalten will, wie ist deine Adresse, gibst du sie mir? Und ich nicke und schreibe sie auf einen Bierdeckel, melde dich, sage ich, und dass es mich gefreut hat, ihn kennen zu lernen. Bruno lacht und sagt, mich auch, dann geht er zur Glastüre, stösst beim Hinausgehen gegen den Schirmständer, und der zittert immer noch, als von Bruno schon fast nichts mehr zu sehen ist ausser einem blauen Punkt im Gewimmel der Strasse.

Brunos erste Karte erreicht mich am nächsten Tag. Sie ist aus weissem Karton und steckt in einem Briefumschlag, auf dem in Druckbuchstaben meine Adresse geschrieben ist. Wer wie du in Cafés sitzt, steht auf der Karte, will was erleben, B. Und ich denke, ach ja, und bin ein bisschen genervt, weil ich altkluge Männer ebenso wenig mag wie unklare Botschaften.

5

Schliesse ich die Augen, denke ich an Schnee. Die Sonne glüht auf ihm, doch er schmilzt nicht, er ist unendlich hell, aber in den Augen beisst er nicht. In der Luft liegt der Geruch von Schnee, frisch und fast ein bisschen scharf, und ich erinnere mich, wie ich morgens aus dem Haus trat, den eckigen, bunten Schulranzen auf dem Rücken, und überall der Schnee, unter den Füssen knirschte es, die Hand konnte man in den Schnee auf den Autodächern stecken und da ein wenig lassen. Bald war Weihnachten, und schon ein Jahr war es her, dass es so gerochen hatte. Den ganzen Weg zum Bus wollte man riechen können wie ein Hund, die Nase auf dem Boden und den Blick dann und wann über das neugeborene, weisse und etwas leise Quartier streifen lassen.

Schliesse ich die Augen, bin ich in Grönland, in Reykjavík, in Alaska. Oder in Ottawa: Die Stadt versinkt im Schnee, auf meinem Kopf sitzt eine Fellmütze, die die Ohren bedeckt, und meine Füsse stecken in dicken Stiefeln, die saftige Abdrücke auf dem Boden hinterlassen. Bevor ich ein Geschäft betrete, stosse ich die Sohlen an der Mauer ab. Die Handschuhe ziehe ich aus, wenn ich im Laden bin, und ich stelle mich in eine Reihe mit den anderen, die alle warten. Wenn jemand reinkommt, bringt er den Geruch des Winters mit sich, und vielleicht würde ich meine Nase gern an seine kalten Wangen halten.

Heute sehne ich mich nach Schnee, doch wenn ich aus dem Fenster blicke, ist immer noch staubiger August.

Zwei Katzen balgen auf der kleinen Grasfläche miteinander, aber vielleicht ist das gar kein Balgen, sondern ihr Liebesspiel, bei dem er sie in den Nacken beisst, um sie ruhig zu stellen, bevor sie sich lieben.

Brunos Karte ist wieder weiss, und in eckiger Schrift steht darauf: Denke ich auch nur zehn Minuten am Tag an dich, sind das 600 Augenblicke. Und der Augenblick ist, wie du weisst, die entscheidende Kategorie, in der ich vom Nichtwissen zum Glauben übergehe, doch braucht es dafür so viel Vertrauen oder einfach nur Leichtsinn. Eigentlich müsste ich sogar verrückt sein, zumindest an menschlichen Massstäben gemessen. Vielleicht wäre ich dazu bereit. B.

Wieder steht kein Absender auf dem Umschlag, und so antworte ich nicht, warte aber auch nicht auf die Karten. Sie kommen regelmässig, jeden Tag ist eine neue im Kasten, vielleicht würde ich anfangen zu warten, wenn die Karte einmal ausbliebe. Ein Fremder, der als Späher im Hausflur stünde, könnte meinen, ich warte doch – wie ich um Viertel vor eins hinunterrenne, die Post, kaum dass sie im Briefkasten ist, heraushole, nach oben springe, zwei Stufen auf einmal nehmend, und immer ist die weisse Karte in einem weissen Umschlag drin, auf dem in Druckbuchstaben mein Name und meine Adresse stehen.
Aber nie schreibt Paul.

6

Was Paul nicht weiss und wohl nie wissen wird, denn nun ist es zu spät, es ihm zu sagen, ohne dass er dahinter verletzten Stolz vermuten würde, ist, dass ich nicht ihn liebte, als wir zusammenkamen. Als wir ein Paar wurden, war die Situation die: Stefan liebte Sandra, Sandra liebte Paul, Paul liebte mich und ich liebte Sandra. Bis auf die letzte Wendung war der Zirkel jedem bekannt. Niemand ahnte, dass ich Sandra liebte, und sollte sie selbst es einmal gespürt haben, schüttelte sie sicher innerlich ganz schnell den Kopf, so dass der unglaubliche Gedanke durchwackelt und alles wieder zurechtgerückt wurde.

Sandra lernte ich kennen, als ich mich in Bern anmeldete; sieben Jahre ist das jetzt her. Bei der Fremdenpolizei warteten wir beide, jede ein Zettelchen in der Hand, blau für Ausländer, während die Schweizer, die auf der anderen Seite des Saales ihre Schalter hatten, gelbe Zettel hielten. Weil wir beide die gleiche Zeitschrift gleichzeitig nehmen wollten, berührten sich unsere Hände, was zu viel Nähe ist, wenn man sich gar nicht kennt, und darum fingen wir ein Gespräch an, und weil ich sie hübsch fand, so eigen, mit dem starken Kinn, der schmalen Nase und den weit auseinander stehenden Augen. Ihr Haar war lang und fiel in glattem Schwung bis auf die Schultern. Sie roch ein bisschen nach Wind, und so redete sie auch, unglaublich schnell, und bald wussten wir, dass wir beide gar nicht weit entfernt voneinander aufgewachsen waren und auch sie die Schweiz schön fand und die Leute nett. Als ich an die Reihe kam, sagte ich noch tschüss und dachte gleich, dass es schade sei, wenn wir uns nicht mehr sähen, und darum wartete ich, als ich die Prozedur durchlaufen hatte, auf sie, die noch verhandelte und mir zulächelte und die Augen nach oben verdrehte, weil der Beamte so langsam war. Sie schien sich gar nicht zu wundern, dass ich wartete, und schrieb mir, noch während sie da sass, ihre Adresse auf die Rückseite eines Prospekts, und als sie ihn mir gab, sagte sie, geh ruhig schon, aber ruf mich an. Ich nickte, sagte nochmal tschüss, trat durch die metallbeschlagene Tür auf die Strasse, fühlte mich ein wenig herablassend behandelt, doch war ich auch glücklich, als ich ihre Adresse in der Innentasche meines Rucksacks verstaute und dabei wusste, dass ich sie noch am gleichen Tag anrufen würde.

Am Silvesterfest vor fünfeinhalb Jahren waren wir zu siebt in Belgien, in einem Städtchen, direkt am Meer, und schön war es nur, weil Winter war, das Meer stürmisch, und die Dünen waren wie mit einer dünnen Eisschicht überzogen. Wenn man am Strand entlanglief, musste man sich gegen den Wind stemmen, die Augen zusammenkneifen und manchmal innehalten, das Gesicht abwenden und mit beiden wollenen Händen abtasten, ob alles noch unversehrt sei. Wir spielten Rommé und tranken Tee und Kaffee und Grog, am Silvesterabend tanzten wir zu Musik, die wir mitgebracht hatten, zu REM, zu U2, zu Sheryl Crow und Eric Clapton. Sandra schmiegte sich in die Töne, umarmte sich dabei selbst, schloss die Augen, und wäre ich nicht in sie verliebt gewesen, hätte ich es sicher peinlich gefunden, doch so sah ich nur, wie das Licht der Deckenlampe helle Streifen in ihr Haar zeichnete und wie ihr Po klein und fest war und ihre Hüften schmal.

Als sie betrunken war und ich auch ein kleines bisschen, gingen wir in eines der Schlafzimmer und legten uns aufs Bett, und sie erzählte, wie sehr sie Paul liebe, obwohl dieser sie gar nicht beachte, sie am Nachmittag einfach weitergedrängt habe bei der Wanderung, auch wenn ihre Knöchel schon geschmerzt und ihre Augen vom Wind geträn̈t hatten. Nur dich schaut er an, sagte sie leise, und ich streichelte ihr Haar, fast wie in der Nacht zuvor, als sie bei mir im Bett eingeschlafen war, und küsste sie ganz leicht auf die Nase, weil ich mich an ihren Mund nicht wagte. Fast unmerklich zog Sandra ihren Kopf zurück, und dabei legte sie ihre Hand auf meine und sah mich erwartungsvoll an. Soll er doch, habe ich darum gesagt, der interessiert mich nicht, und ich habe es wirklich so gemeint. Auch als dann Maya und Sabine lachend hereinkamen und so gar nichts merkten, hielt ich noch mit einer Hand den Ärmel von Sandras grauem Pullover fest, und sie lachte mit den anderen, zog mich mit zur Tür, sie selbst von Maya fortgerissen, aber dann drehte sie sich doch noch einmal um, schaute mich an, schob ihr Gesicht ganz nah an meines und flüsterte: Du und ich, wir sind jetzt verlobt, okay?, und ich nickte nur. Dann lachte auch ich, und das eben hatte vielleicht zehn Sekunden gedauert und Maya hatte immer noch nichts bemerkt. Dass ich, immer wenn ich an ihre Worte dachte, einen warmen Bauch bekam, in dem es manchmal flatterte bis ans Herz, hat Sandra nie gewusst.

7

Ich bin neun Jahre alt und sitze auf dem Schoss meines Grossvaters. Seine Hose ist aus Tweed und sticht ein bisschen an meinen Beinen, durch die dünne, weisse Strumpfhose hindurch. Mein Rock ist orange und weiss gewürfelt, mein Pullover blau und er hat einen Rollkragen, der, wenn ich den Kopf so schnell schüttle, dass die Haare gegen Kinn und Wange fliegen, im Nacken scheuert.

Mein Grossvater riecht nach Tabak und nach Rasierwasser und auch etwas muffig, wie die Kartoffeln, die im Keller im grossen, braunen Korb liegen. Ich trage seine Brille; die Welt ist verschwommen hinter den dicken Gläsern, und sicher sieht auch mein Grossvater ein schwimmendes Wohnzimmer, schwimmende braune Möbel, dunkle Teppiche, unklare Bilder, Farbflecken an der Wand. Er hält mit einer Hand mein linkes Bein und seine andere Hand umfasst meinen Bauch, sein Knie hüpft auf und ab und ich mit ihm, so dass um mich rum alles wackelt.

Grossvater erzählt von seiner wahren Liebe, und nie zuvor hätte ich gedacht, dass das nicht meine Grossmutter war, die, bevor sie weisse Haare bekam und ein faltiges Gesicht und zittrige Hände, schön war. Niemand weiss davon, sagt mein Grossvater. Auch ich darf nichts verraten, und ich mache ein Zeichen am Mund, als ob ich ihn abschlösse, und schmeisse die Hand in die Luft, was bedeutet, dass ich den Schlüssel für immer wegwerfe, und mein Grossvater erzählt.

Ich sehe ihn vor mir, wie ich ihn von den alten, an den weissen Rändern gezackten Fotos her kenne: ein junger Mann, gross, braunhaarig, muskulös, die Augen unter buschigen Brauen blicken unwirsch. Ein bisschen wütend sieht er aus; fast bekommt man Angst, aber vielleicht ist er auch nur müde.

Müde, nach acht Stunden an der Stanzmaschine. Egon, Egon, haben seine Kollegen in der Fabrik heute gesagt, als er sich den Arm in einer fahrigen Bewegung an der Maschine gestossen hatte, was ist bloss los mit dir?, und Egon hat den Hebel der Presse losgelassen, sich umgedreht und die Hände für einen

Moment in die Hosentaschen gesteckt, dass er nicht noch wütender würde, als er es ohnehin schon war. Die Schramme auf seinem Unterarm blutete ein wenig und kurz rieb er darüber, um den brennenden Schmerz zu spüren, ein Ziehen unter der Haut, das sich bis in die Hand hinein fortsetzte und das er genoss, weil es da das Einzige war, was er spürte.

Als er am Abend die Haustür aufschliesst, fällt sein Blick auf das Damenrad, das mit braunglänzendem Rahmen gegen die Hauswand lehnt, aber erst als er bereits zwei Stufen der Treppe genommen hat, wird ihm bewusst, dass es das Rad von Lotte ist. Lotte muss oben sitzen in der Küche, mit seiner Schwester und seiner Mutter, die, während sie eifrig mit den Händen im Geschirr werkeln, ebenso eifrig reden können. Egon verlangsamt seinen Schritt, unwillkürlich versucht er leise aufzutreten, seine Hand ruht auf dem Holzgeländer, das fast so breit ist wie die Innenfläche seiner Hand. Das Holz ist glatt, er fährt der Maserung nach, bewegt den Arm langsam nach oben, die Füsse zieht er nach. Schon kann er eine Stimme hören, doch ist es nicht diejenige Lottes, sondern die seiner Mutter. Sie schimpft auf den Fisch, der immer dünner würde, dafür würden die Gräten mehr, und Lisbeth, seine Schwester, lacht und sagt: Ach, Mutti, mit hessisch weichem ‹T›, so dass es klingt wie Muddi, und seine Mutter lacht schliesslich auch, ja, ja, sagt sie, feix du nur. Aber sie klingt versöhnlich.

Nun hört er auch Lotte lachen, und es fährt ihm in den Magen, er spürt, wie sein Puls schneller wird, dabei hat sie noch kein einziges Wort gesprochen. Eine Zeit lang hört Egon nichts ausser dem Klirren von Geschirr, eine Schüssel aus Metall wird auf den Tisch gestellt, jemand rührt darin mit schnellen Bewegungen, dann fragt Lisbeth nach dem Koriander und Lotte sagt, hier, und lacht wieder, scheinbar ohne Grund, und Egons Herz droht zu zerspringen, so laut hämmert es, dass er meint, die drinnen müsstens hören, aber er bleibt unentdeckt im dunklen Hausflur. Zwei Stufen trennen ihn noch von der Küche, seinen Kopf schiebt er näher an die Tür, nun hört er deutlich, wie ein Ei zerschlagen wird, und erschrickt, wie laut die Stimme seiner Mutter plötzlich ist. Ach, Lotte, da hilfste uns kochen, dabei gäbs doch sicher den einen oder anderen, dem du besser helfen könntest, gell?, fragt sie, und man hört das Schmunzeln in ihren Worten, und Egon tät ihr gern den Mund zuhalten, denn an ihn hat sie jetzt doch sicher nicht gedacht, weiss ja niemand, dass er Lotte liebt, wo er doch seit Jahr und Tag der Marie verbunden ist, sie ihm versprochen, und eigentlich hats ihn ja auch nie gereut, ist schon eine Brave, die Marie, und hübsch ist sie auch, mit ihren blauen Augen und den roten Wangen.

Die Lotte lacht, verlegen klingt das, und Egon kann sie vor sich sehen, wie sie die Nase kraus zieht und die Augenbrauen ganz leicht hebt, ein wenig trotzig, dass schon wieder jemand fragt, und wenn es doch halt niemanden gibt, der ihr gefällt – vielleicht gefällt er selbst ihr ja insgeheim –, und haben könnte sie schon so manchen, auch wenn sie nur braunes Lockenhaar hat und ein schmales Gesicht und kleine Äuglein, aber geschickte Hände hat sie und ein gutes Herz.

Und sie sagt: Da gibt es schon so jemanden, und damit ihr die Ersten seid, dies wissen, heiraten werden wir, noch dieses Jahr, und Martin heisst er. Fast andächtig ist die Stille, das Rühren hört auf, das Klirren auch, selbst Egons Herz schlägt jetzt nicht mehr; minutenlang, so wills ihm scheinen, ist es ruhig, dann ruft die Mutter, ei, guck an, und Lisbeth sagt, darauf lasst uns anstossen, und bringt Gläser herbei, und man öffnet den sorgsam verkorkten Tischwein vom Vortag und alle trinken, nachdem sie die Gläser aneinander gestossen haben, und Lotte muss erzählen, woher sie ihn kennt, wie lange schon, was er macht, wo er wohnt. Und Lotte erzählt.

Fest muss Egon die Hand auf das Geländer legen, als er hinunterrennt, damit er wenigstens ein bisschen Schmerz bekommt, wie er da, gegen die Maserung des Holzes streifend, sich Splitter in die Hand holt. Die Türe stösst er auf, es atmet so schwer in ihm, als wolle es ihn zerreissen, und schreien möchte er, weil doch der Arm so schmerzt und nun auch noch die Hand, wütend tritt er gegen das braune Damenrad, das wackelt und gegen die Hauswand fällt. Und eilig rennt er runter zum Dorfbach, der viel zu niedrig ist, sich darin zu ertränken.

Unglückliche Liebesgeschichten liegen bei uns in der Familie.

8

Dreizehn Tage sind vergangen ohne eine Nachricht von Paul. Das Wetter ist plötzlich umgeschlagen, dunkel zieht es herauf, schon am frühen Nachmittag, und dann entlädt sich ein Gewitter, das von den Bergen her kommt und über die Stadt ein dumpfes Grollen bringt. Die Gassen werden gewaschen, und wer keinen Schirm dabeihat, drängt sich unter den Arkaden, gleicht seinen Schritt dem der anderen an, schaut in die Auslagen, überquert rennend die Strassen. Ich kaufe Blumen für sämtliche Vasen in meiner Wohnung, ausserdem eine Geranie für den Balkon, Brot, Eier und Müsli. Auf dem Weg zur Strassenbahn begegnet mir Nelly. Sie sieht müde aus und lacht übertrieben. Es geht ihr nicht gut, denke ich. Mir gehts fabelhaft, sagt Nelly und fragt, ob ich Lust auf einen Kaffee hätte, und wir gehen ins Café der nahen Buchhandlung. Nelly schüttelt ihre nasse Jacke, bevor sie sie umständlich an ihren Stuhl hängt. Dann blickt sie mich kurz an, schaut im Café herum, ob sie jemanden kennt, schaut wieder mich an und blättert in der Karte.

Wir nehmen beide einen Milchkaffee, Nelly versucht, den Schaum vom Kaffee zu schlürfen, ohne dass sich schon braune Streifen ins Schneeweiss der Milch mischen. Auf den Untertellern liegt je eine winzige, bunt verpackte Schokoladentafel. Nelly gibt mir ihre. Zu einem immer kleiner werdenden Viereck falte ich das Papierchen, auf dem der Vierwaldstättersee zu sehen ist. Unauffällig versuche ich, mich im blank geleckten Löffel zu spiegeln, als Nelly von einem Film berichtet, in dem sie gestern Abend gewesen ist, mit Philipp, ihrem Ex-Freund, einem Taxifahrer, der nach zehn Semestern Germanistik sein Studium abgebrochen und es sich nun zur Aufgabe gemacht hat, seine Fahrgäste zu literarischen Themen hinzuführen. Bei jedem, der in sein Taxi steigt, versucht er es, gibt irgendwann ein gewichtiges Zitat zum Besten, manchmal ein ganzes Gedicht, wenn nötig auch auf Englisch und Französisch.

Da er die Literatur bisher noch um einiges besser kennt als den Stadtplan, verfährt er sich ständig, und ich stelle mir vor, wie er über das Labyrinthische bei Kafka spricht und dabei seine Kunden statt in die Brunngasse zur Brunnmattstrasse bringt, oder wie er in der Kirchstrasse anhält, wo die Touristen aussteigen und verwirrt nach dem gesuchten Hotel Ausschau halten, das in der Predigergasse zu finden wäre, aber nicht in der Kirchstrasse, sicher nicht dort, und Philipp hat Glück, wenn er schon weggefahren ist, in seiner Tasche das Geld, samt Trinkgeld, bevor sie den Irrtum begreifen, aber meistens merken die Fahrgäste, dass er sich verfahren hat, die Fahrt kommt ihnen verdächtig lang vor, und dann muss Philipp seinen Fehler eingestehen und erklären, dass er erst seit kurzem Taxi fährt, eigentlich liebe er ja die Literatur, und vielleicht reden sie dann über Goethe oder Fontane. Die Extrakosten kann Philipp in solchen Fällen nicht in Rechnung stellen, aber es gibt auch Touristen, die nicht merken, wenn er sich verfährt, und dann sind sie überrascht, wie gross Bern ist, what a huge city, sagen sie vielleicht mit erstaunter Stimme, und Philipp verdient ein wenig mehr.

Der Film war ganz nett, sagt Nelly, problematisch war nur, dass Philipp meinte, mir alles erklären zu müssen, na ja, auf jeden Fall wusste ich am Ende des Films, warum ich mich von ihm getrennt hatte. Hattest du das denn vergessen?, frage ich. Nelly wiegt ein bisschen den Kopf, nein, nein, sagt sie, aber es klingt nicht überzeugend. Dann geht sie auf die Toilette, bestellt sich beim Zurückkommen noch einen Milchkaffee, gibt mir wieder ihre Schokolade und diesmal ist ein Bild des Matterhorns vorne drauf und natürlich ist die Bergspitze schneebedeckt; dass sie einmal ohne Schnee wäre, gibt es gar nicht, und Nelly fährt sich durchs Haar und seufzt ein wenig theatralisch, und dann legt sie die Hände vor sich auf den Tisch, verschränkt sie ineinander und betrachtet sie nachdenklich.

Seit fast drei Wochen liegt mein Vater nun also im Krankenhaus, sagt sie, und in all der Zeit bin ich die Einzige, die ihn besucht hat. Und genau das macht mich fertig, ich kann es nicht glauben, und weisst du auch, warum nicht? Ich zucke mit den Schultern und schüttle ein wenig den Kopf, aber Nelly beachtet mich gar nicht und spricht gleich weiter: Weil mein Vater mit mir, seit ich denken kann, eigentlich nie was zu tun haben wollte. Ich war fünf, als er die Familie verliess, meine Mutter, meinen Bruder – der war damals acht – und mich, aber auch als er noch da war, habe ich ihn fast nie gesehen, er war ja immer arbeiten, bei der Post, weisst du. Nun, dann war er also plötzlich abends nicht mehr da und am meisten ist mir das daran aufgefallen, dass nun der Fernseher nicht mehr so oft lief. Ausserdem standen sicher noch ein halbes Jahr seine Pantoffeln verwaist im Schlafzimmer, bis meine Mutter sie dann endlich wegräumte, wohl, weil ihr klar wurde, dass er so schnell nicht zurückkommt, und wahrscheinlich hat sie sie ihm geschickt, zuzutrauen wär es ihr, denn – Nellys Stimme nimmt einen spöttischen Ton an – ‹man soll ja nichts verkommen lassen›. Aber ist ja auch egal. Nach seinem Auszug habe ich meinen Vater nur noch zu Weihnachten und an meinen Geburtstagen gesehen, und auch da nicht immer, manchmal rief er nur an, vielleicht mit einer Telefonkarte, die er von der Post geschenkt bekommen hatte, dann kostete ihn die ganze Sache nicht mal was.

Nelly gibt ein verächtliches Schnauben von sich.

Zehn Jahre alt sei sie gewesen, erzählt sie weiter, als ihr Vater wieder geheiratet habe, eine knapp dreissigjährige Frau aus Zürich, auch bei der Post tätig, doch Nelly habe sie nie kennen gelernt und sei auch nicht zur Hochzeit eingeladen gewesen. Drei Jahre habe die Ehe gehalten, dann sei ihr Vater ein zweites Mal geschieden gewesen, und Nelly sagt, sie habe damals gedacht, dass das eigentlich nur gerecht sei, und es sei bloss gut gewesen, dass sie der Frau gar nicht erst begegnet sei, obwohl, einmal habe sie sie ja gesehen, aber nur von weitem, als ihr Vater sie an ihrem elften Geburtstag auf dem Schulhof angehalten und ihr eine Tafel Trauben-Nuss-Schokolade gegeben habe, die einzige Sorte, die sie nie mochte, und noch heute schüttelt sie den Kopf, wenn sie an dieses Geschenk denkt und daran, wie ihr Vater sich, nachdem er ihr übers Haar gestrichen und zu ihr gesagt habe, sie solle weiter so brav sein, gleich umgedreht habe und aus dem Tor hinaus zu der wartenden blonden Frau geeilt und zusammen mit ihr weggegangen sei, ohne noch einmal zurückzuschauen. Und als ihre Freunde sie fragten, ob das ihr Vater gewesen sei, habe sie geantwortet: Nein, ein Onkel.

Im neunten Schuljahr dann, sagt Nelly, als alle Schüler ein Praktikum machen mussten, hatte ich keine Idee, was ich gerne machen möchte. Fliegen eigentlich, aber da kann man so leicht kein Praktikum machen, und zum Bodenpersonal mochte ich nicht. Da rief ich meinen Vater an und fragte, ob ich bei ihm in der Post ein Praktikum machen könne, und er sagte zu meiner Überraschung: Ja.

Nelly unterbricht sich und schaut sich suchend nach der Kellnerin um, sie winkt mit der rechten Hand, sie ruft halblaut hallo, und dann noch einmal, lauter: Hallo, aber die Kellnerin blickt weiter in den Spiegel, der hinter der Theke und den aufgreihten Flaschen hängt, kokettierend schräg hält sie dabei ihren Kopf mit den schwarzen langen Locken, die wie Blindschleichen um ihren Kopf züngeln, und mit einem Finger streicht sie sich die Haare hinters rechte Ohr, ohne Nellys Rufe zu hören. Mach du mal, Inga, sagt Nelly, mich übersehen die immer, und darum rufe ich die Kellnerin und gleich kommt sie und wir bestellen jede noch einen Espresso und ein Mineralwasser. Ich werde bestimmt ganz nervös vom Kaffee, sage ich, und Nelly nickt und meint: Bin ich jetzt schon. Macht also nichts. Zum Espresso gibt es keine Schokolade, aber je zwei kleine, harte Kekse, Amaretti, die ich zu Nelly hinüberschiebe.

Ich begann dann also dieses Praktikum, fängt Nelly wieder an. Bereits in den ersten Minuten des ersten Tages, als ich neben meinem Vater durch das grosse Hauptportal in die Empfangshalle schritt, vorbei an der hübschen Frau, die im gläsernen Kabäuschen über den Eingang wachte und die höflich hinübergrüsste, musste ich feststellen, dass ich mich die ganze Zeit in der Stellung meines Vaters getäuscht hatte. Statt eines kleinen Schalterbeamten war er inzwischen leitender Direktor der Finanzabteilung. Und ich mit meinen fünfzehn Jahren war dann plötzlich doch ein bisschen stolz, wie ich da mit meinem Vater durch die langen Gänge des Gebäudes marschierte und alle ihn kannten und grüssten. ‹Du schaust dir hier einfach alles ganz genau an, kannst dich auch zu mir ins Büro setzen, wenn du magst›, sagte mein Vater zu mir, und dann, schärfer, ‹aber bitte störe nicht, wenn ich telefoniere oder eine Besprechung habe.› Ich habe ergeben genickt, erinnert sich Nelly, und mir dann alles ganz genau angesehen und auf Erläuterungen gewartet und vielleicht auch darauf, eine kleine Arbeit zugewiesen zu bekommen, denn dumm war ich ja nicht, sogar wissbegierig, ausserdem wurde es mir langweilig, doch vorerst schien man keine Arbeit für mich zu haben. Und das blieb so die nächsten zwei Wochen. Die ersten Tage sass ich noch ruhig in der Nähe meines Vaters, der jedoch kaum mehr Notiz von mir nahm, der mich auch, wenn er mich mit jemandem bekannt machte, nie als seine Tochter, sondern immer nur als ‹Nelly, die ein Praktikum hier macht› vorstellte. Bald fing ich an herumzuschlendern, schaute in die verschiedenen Büros, klopfte mal hier, mal da, stellte mich selbst vor als Nelly von Bergen, die hier ein Praktikum mache, und nach zwei Wochen war das Praktikum vorbei, ohne dass ich einen einzigen Brief kopiert oder irgendeinen der internen Vorgänge erklärt bekommen hätte.

Nelly seufzt, nimmt einen Schluck ihres Mineralwassers, fährt sich mit Daumen und Zeigefinger über die Mundwinkel. Als ich mich von meinem Vater verabschiedete, sagt sie, gab ich ihm die Hand. ‹Danke vielmals›, habe ich gesagt, und ‹Auf Wiedersehen›, und das ist dann unsere letzte Begegnung gewesen, bis er vor drei Wochen ins Krankenhaus eingeliefert worden ist mit Verdacht auf Magenkrebs.

Nellys Mutter, die selbst nicht hingehen wollte, hatte sie gebeten, einmal vorbeizuschauen, weil sich doch auch ihr Bruder sträube. Und so war Nelly hingegangen, in der Hand eine Packung Pralinen, die ihr Vater so kurz nach seiner Magenoperation natürlich nicht essen konnte, aber vielleicht war ja das ihre späte Rache für die Trauben-Nuss-Schokolade.

Und nun sitze ich seit drei Wochen fast jeden Tag an seinem Bett, sagt Nelly, weil ich gemerkt habe, dass niemand anderes kommt, und die Schwestern nennen mich ‹gutes Kind› und ‹brave Tochter›. Er liegt da, redet fast gar nichts, hebt kaum den Kopf, wenn ich reinkomme, röchelt nur immer mal wieder, gurgelt den Schleim hoch und ich muss ihm die Nierenschale reichen, und da hinein spuckt er dann. Hinsehen darf ich nicht, sonst würde mir schlecht, es zu hören, reicht schon. Er wird sterben, weil man das Geschwür zu spät entdeckt hat und sich schon überall Metastasen gebildet haben, nochmal zu operieren wäre sinnlos, über eine Sonde bekommt er Schmerzmittel, das ist alles, was man tun kann, und statt dass ich traurig bin, ertappe ich mich dabei, wie ich hoffe, dass er bald mal stirbt, und wie ich überlege, was ich anziehen soll bei seiner Beerdigung. Und dann, Nelly senkt ihre Stimme zu einem verschwörerischen Flüstern und schaut kurz nach rechts zum Nachbartisch, sehe ich mich ganz in Schwarz, mit Hut und einem kleinen Schleier vor dem Gesicht. Und die Pralinen habe ich selbst eine nach der anderen aufgegessen.

Als wir bezahlt haben und durch den Buchladen hinaus auf die Strasse schlendern, ist die Dämmerung bereits weit fortgeschritten. Die Strassenbeleuchtung springt genau in dem Moment an, als ich überrascht zu Nelly sage, es ist ja schon ganz dunkel, und wir müssen beide ein bisschen lachen, vielleicht bringt das ja Glück, wie wenn zwei zu gleicher Zeit das gleiche Wort sagen oder man auf eine Digitaluhr schaut, wenn vor und nach dem Punkt die gleichen Ziffern stehen, und vielleicht bin ich darum am Abend ganz sicher, dass sich Paul am nächsten Tag melden und zu mir sagen wird: Einmal probieren wirs noch, okay? Sicher hält es dann bis ans Ende unsrer Zeit. Und als ich das denke, weine ich ein wenig, aber diesmal nicht, weil ich traurig bin.

9

Kommt das Ende, sollst du bei mir sein. Niemand sonst, nur du. Oder ist das vermessen? B.

Wieder steckt Brunos Karte in einem weissen Umschlag, und ich lege sie zu den acht anderen und beschliesse, sie einmal um mich herum aufzuhängen, so dass ich von geheimen Botschaften umgeben bin, die ich nur zu entschlüsseln brauche, um das Weltgeheimnis zu finden. Mittlerweile schaue ich gar nicht mehr, ob Bruno seine Adresse auf dem Umschlag notiert hat, der Poststempel ist aus Basel, aber offenbar will Bruno nicht, dass ich mich melde, und so soll es mir recht sein, wer weiss, vielleicht ergibt sich ja doch mal ein Wiedersehen, seine Karten klingen, als rechne er fest damit. Und auch ich denke manchmal an ihn: an sein Gesicht und an seine Hände, wie sie die Tasse hielten, und an sein Lachen und daran, dass ich, wie ich ihm da gegenübersass, Lust bekam, ihn zu küssen und, wer weiss, vielleicht auch mehr.

Zwei Wochen habe ich nun Urlaub gehabt, dabei war nur eine Woche abgemacht, doch ich hatte angerufen und gebeten, noch ein paar Tage länger zu Hause bleiben zu dürfen, mir gehe es nicht gut, und Walter, mein Chef, hat noch einmal Geduld gehabt, und auch ein bisschen Verständnis schwang in seiner Stimme mit, als er sagte: Dann halt eben erst nächsten Montag.

Und ich hatte geantwortet: Danke, Walter, ich schulde dir was.

Nun ist er am Telefon und seine Stimme ist nicht mehr verständnisvoll. Heute Morgen hätte ich in der Agentur sein müssen, aber beim Aufwachen, pünktlich um halb sieben, habe ich an die Zimmerdecke geblickt und gesehen, dass meine Sterne, deren phosphoreszierende Oberflächen sonst nur in der Nacht leuchten, nachdem sie sich einen langen Tag mit Licht voll gesogen haben, immer noch ein wenig schimmerten, und da konnte ich einfach nicht aufstehen, sondern blieb liegen und beobachtete das Verblassen der Sterne. Dabei ging mir so vieles im Kopf rum, dass ich das Gefühl bekam, gar nichts mehr tun zu können: nicht aufstehen, nicht mich anziehen, nicht das Kaffeewasser aufsetzen, nicht der Katze Futter geben und über ihr Fell streicheln, das sich im Nacken sträubt, wenn sie schlaftrunken ihre Glieder reckt, und nicht in die Agentur gehen, wo ich zu allen hallo und wie gehts? sagen und Werbetexte schreiben müsste.

Also blieb ich liegen, bis um zwei Uhr das Telefon klingelte, und als ich Walters Stimme hörte, nahm ich mir vor, dass ich ihm alles ganz ehrlich sagen wollte, auch wenn es schwierig sein würde.

Walter, sage ich darum, nachdem er mich angefahren hat – weisst du eigentlich, welcher Tag heute ist?, hat er gefragt, mit lauter Stimme, und ich dachte, ja, Montag, der neunzehnte Tag schon und noch immer kein Zeichen –, es tut mir Leid, sage ich, ich kann nicht kommen, ich weiss selbst nicht warum, aber es geht nicht, lass mich unbezahlten Urlaub nehmen, für mindestens drei Monate, und sei bitte nicht böse.

Für einen Moment ist Walter sprachlos, dann fragt er, wer meine Arbeit übernehmen solle, und warum denn, ich bräuchte doch gerade jetzt Ablenkung, komm, wir bauen dich wieder auf, da vergisst du den ganz schnell, und ich unterbreche ihn und sage: Es ist nicht wegen Paul, sondern wegen mir, und ich denke gleich, dass sich das sehr dramatisch anhört, aber dann bin ich doch froh, denn Walter sagt: Okay, aber garantieren kann ich dir deinen Platz hier nicht, doch wenns geht, nehmen wir dich gerne wieder, und dies und das. Und endlich legen wir beide auf.

Jetzt bin ich also ohne Arbeit, doch immerhin mit Ersparnissen. Angst, arm zu werden, habe ich vorerst nicht. Und damit ich mich irgendwie doch noch nützlich fühle, fange ich an, die Wohnung aufzuräumen, beginne im Badezimmer, dessen Ecken dunkel von Staub sind, ich reibe den Spiegel mit Essig und Zeitungspapier, nur so wird er richtig streifenfrei, ich putze die Küche, das Bett beziehe ich frisch, aus all meiner Unterwäsche trenne ich die Schildchen raus, werfe sie in den Müll, sammle alte Zeitungen und Zeitschriften in der Wohnung ein, staubsauge, sortiere die Bücher und wische sogar unter meinem Bett, wo sich dicke Flocken angesammelt haben. Danach nehme ich mir die Wohnungstür vor, von innen und von aussen, ich reibe den schwarzen Metallgriff, bis er glänzt, immer wieder fahre ich mit dem Lappen drüber, nie ist er mir sauber genug, und dann das Glas an der Tür, die Kanten und Ecken, das Holz mit seinen unregelmässigen Löchern und Kerben, und die Matte schlage ich gegen das Balkongitter und grüsse die Nachbarin, die mir beifällig zunickt.

Die Schuhe sortiere ich, den Schreibtisch räume ich auf, und da passiert es, dass mir ein Blatt in die Hände fällt, auf das Paul geschrieben hatte, dass es ein ‹Wutzettel› sei, den ich bei einem meiner Wutanfälle zusammenballen und gegen die Wand schmeissen soll, damit ich nicht noch einmal gegen meinen Drucker trete. Aber als ich den zerknüllten Zettel gegen die Wand schmeisse, geschieht gar nichts, kein Prinz erscheint, und mir hätte es ja schon gereicht, wenn das Gefühl in mir vergangen wäre, das Gefühl, dass ich mir im Moment selbst abhanden gekommen bin. Irgendwann auf meinem Weg durch die letzten Monate ist das passiert und nun bin ich weg wie eine Münze in der Sofaritze.

10

Was wäre wohl passiert, damals in Belgien, wenn ich nicht so ängstlich gewesen wäre? Wenn ich in der ersten Nacht im Haus von Stefans Eltern, als Sandra in meinem Bett eingeschlafen war, nicht die ganze Zeit gedacht hätte: Das geht nicht, Inga, lass es.

Wenn ich stattdessen ein wenig mutiger gewesen wäre und mich, als Sandra die Augen öffnete und mir den Rücken zudrehte, nicht schnell abgewendet hätte, beschämt, weil ich mir ertappt vorkam. Sandra, hätte ich sagen können, ich habe nur deine Haare geordnet, ich habe sie in eine gerade Linie gebracht, die direkt unterhalb deiner Brust abschliesst, schau, sie sind so blond wie Sand, deine Haare, ganz anders als meine dunkelbraunen. Wie schön du bist – weisst du das eigentlich? Und vielleicht hätte Sandra sich dann wieder zu mir umgedreht oder zumindest meine Hand zu sich gezogen, nach vorne, und sie zurückgelegt auf ihre Brust.

Aber als Sandra die Augen aufmachte, gerade als ich meine rechte Hand auf ihre linke Brust gelegt hatte, da, wo das Herz ist – und ich habe gespürt, wie es gegen meine Hand pochte –, habe ich mich furchtbar erschreckt. Du bist wach?, habe ich gefragt, und Sandra hat sich, ohne zu antworten, von mir weggedreht und bald wurde ihr Atem wieder regelmässig.

Am nächsten Morgen ging es mir schlecht, ich hatte kaum geschlafen und mein Kopf schmerzte, als hätte ich zu viel geraucht oder getrunken oder beides. Als ich die Augen aufschlug, sah ich direkt in das Gesicht von Sandra, die sich über mein Bett beugte. Alles klar mit dir?, fragte sie, und ich habe geantwortet: Kopfweh, ich habe Kopfweh. Sandra hatte schon mit den anderen gefrühstückt, aber sie holte mir Tee und ein Brötchen, das sie mit Butter und Marmelade bestrichen hatte, obwohl sie beides nicht mochte, und dann ist sie nochmal in die Küche gerannt, weil sie erst im Zimmer merkte, dass sie den Zucker für den Tee vergessen hatte, und den anderen hat sie gesagt, dass es mir nicht gut ginge und man darum still sein müsse.

Während ich im Bett, mit dem Rücken an die Wand gelehnt, mein Brötchen ass, sass sie auf dem gelb bezogenen Bürostuhl und erzählte, dass Paul in aller Frühe zum nächsten Bäcker gelaufen sei, um frisches Brot und Brötchen zu kaufen. Am Morgen esst ihr Brot?, habe ihn die Bäckerin ungläubig erst auf Flämisch, dann, als er offensichtlich nichts verstand, auf Französisch gefragt, und als Paul nickte, habe sie den Kopf geschüttelt und auf die Croissants verwiesen – aber noch besser sei es, wenn man sich belgische Waffeln machen würde, mit Ahornsirup und Sahne. Paul habe mangels ausreichender Französischkenntnisse auf seinen Bauch gezeigt und gesagt: Trop gros, woraufhin die Bäckerin gelacht, selbst auf ihren beträchtlichen Bauch gezeigt und gesagt habe: On vit mieux avec un rembourrage. Den ganzen Weg nach Hause habe Paul überlegt, was ein ‹rembourrage› sei, aber erst Sabine habe es ihm sagen können: ein Polster. Erst hätten daraufhin alle gelacht, aber dann sei Paul plötzlich ganz ernst geworden und habe gesagt: Eigentlich hat sie Recht. Ein Polster wäre gut.

Als ich Sandra fragte, wie sie geschlafen habe, sagte sie, sehr gut, und als ich sie fragte, ob sie sich an unser Erlebnis erinnere – unser seltsames Erlebnis, habe ich es genannt und versucht dabei zu lachen –, antwortete sie: Was für ein Erlebnis?, und dass sie sich an nichts erinnern könne. Was war denn?, hat sie gefragt, unsicher lächelnd, und da habe ich den Kopf geschüttelt und gesagt: Ach, nichts, ich habe wohl einfach schlecht geträumt. Sandra hat nachdenklich genickt und gesagt: Wahrscheinlich.

Aber irgendwas war in ihrer Stimme, das mich für einen Moment glauben liess, dass sie sich vielleicht doch erinnerte. An sich und mich und wie es war, als ich sie berührte.

11

Das Quartier, in dem ich lebe, ist multikulturell. Wenn ich aus dem Haus komme und die Strasse entlanggehe, ruft man mir zu in den unterschiedlichsten Sprachen. Wer nur ‹ts, ts› macht, ist international verständlich, und wäre ich ein Kätzchen, würde ich zum Flüsterer laufen und um seine Beine kreisen. Meistens möchte ich nur schnell zu meinem Auto oder in den Wald, jetzt, da ich Zeit habe, spazieren zu gehen, wann ich will. Ich gehe durch den Vorgarten, laufe über die Strasse und schaue auf den Boden, wenn man mir zuwispert, und dann sitze ich entweder in meinem Auto, hinter Scheiben, aquariumsgleich, bereit zu verschwinden, oder ich bin im Wald, wo es jetzt, im September, grün und feucht und kraftstrotzend ist.

Bald kenne ich jeden Weg hier und viele der Bäume, es gibt Felsreste, auf die man sich setzen und ausruhen kann von der Steigung, es gibt Baumstümpfe, in denen sich Wasser sammelt, ein tiefes Loch führt hinab in die Wurzeln des Baumes, deren Ausläufer sich im Boden abzeichnen und über die man manchmal stolpert. Bis ich erkannte, dass die Linien und Grate unter dem Sand die Wurzelzweige sind, hat es lang gedauert.

Bruno schreibt: Wenn im Menschen Fülle und Frieden ist, so will er nichts mehr geniessen als sich selbst. Aber ich, ich denke nun schon mehr als zwanzig Minuten täglich an dich. Das ist zu viel. Oder? B., und ich überlege, was zu tun ist, aber noch immer steht keine Adresse auf dem Umschlag. Fünfzehn Karten hat Bruno mir bisher geschrieben, jeden Tag eine seit unserem Kennenlernen, und mehr als drei Wochen kommt nun kein Zeichen von Paul, doch ich denke nur noch manchmal an ihn und die Tage zähle ich fast gar nicht mehr. Es ist komisch, ich bin traurig und glücklich zugleich, sagte ich gestern am Telefon zu Susanne und korrigierte mich sofort: nicht glücklich, eher beruhigt. Aber auch das war eigentlich nicht das richtige Wort. Vielleicht ist es einfach nur so, dass der Schmerz monotoner geworden ist, jeden Tag und jede Stunde hält er das gleiche Mass für mich bereit, und nie ist es zu viel, aber immer ist er da.

Gestern Abend war ich mit Maurice essen. Mit dem Achtzehn-Uhr-dreissig-Zug war er aus Genf gekommen, ich holte ihn am Bahnhof ab und wir beschlossen, aus Bern rauszufahren, in irgendeines der umliegenden Dörfer, und wenn wir vom Auto aus ein Restaurant sähen, das uns gefiele, würden wir dort den Abend verbringen. Im Radio lief ein Lied von Elvis Costello. In der Stadt war viel Verkehr. Wir fuhren über die Lorrainebrücke, den Nordring und die Winkelriedstrasse entlang, am Wankdorfstadion vorbei, und Maurice erinnerte mich daran, dass dort das ‹Wunder von Bern› stattgefunden hatte. Neunzehnvierundfünfzig, sagte er, und deutlich war sein französischer Akzent zu hören, hat hier die deutsche Mannschaft ihren ersten Weltmeistertitel nach dem Krieg geholt. Ich musste ein bisschen lachen, weil Maurice auch dann Lehrer ist, wenn er mit mir im Auto sitzt.

Erst in Münchenbuchsee sahen wir ein Restaurant, das uns beiden gefiel. Es war eines jener typischen Landgasthäuser, und es hiess auch genau so – ‹Zum

Bären› –, aber das war nicht der Grund, warum ich es mochte. Das Schild über dem Eingang war mir aufgefallen: Es war aus Metall, hatte die Form eines tanzenden Bären und wurde angeleuchtet durch eine über dem Schild hängende Laterne. Sobald der Bär vom Wind bewegt wurde, sah es aus, als würde er wirklich tanzen. Maurice hingegen fand die Lichterkette schön, die man von der Strasse aus sehen konnte: kleine, gelb leuchtende Lämpchen, die das ganze Fenster umliefen.

Maurice ist hübsch, er sieht immer erholt aus mit seiner braunen Haut und den blonden, kurzen Haaren, die er in die Stirn fallen lässt, wohl auch, weil er ein bisschen zu einer Glatze neigt. Lieb wie ein Mädchen ist er, und wenn er flirtet, flirtet er auch immer ein wenig mit sich selbst und gefällt sich, wenn er etwas Charmantes sagt und sich dann sofort geziert abwendet, oder wenn er sich im Lokal umschaut und Touristen zulächelt, die sich in ihrer Sprache unterhalten und sich über die Tische einander zubeugen.

Käsefondue wollte Maurice essen, dabei ist es erst September, und er selbst war beinahe erschrocken über die Kühnheit seiner Idee. Zum Käsefondue brauchte er mich, denn für einen allein wurde der Käse nicht erhitzt und in einem grossen Emailletopf über das Flämmchen gestellt, also sagte ich ja, und als der Käse kam, noch brodelnd, steckten wir die Brotstückchen an die langen dreizackigen Gabeln und tunkten sie in den Käse, den wir umrührten, und schauten uns an, und Maurice musste lachen, weil doch erst September ist.

Es war das erste Mal, dass ich mit Maurice ausging, aber vom Sehen kannte ich ihn schon lange, er war mir in der Mensa der Berner Universität aufgefallen, wenn er mit durchgedrücktem Kreuz und hoch erhobenem Kopf an die Theke schritt, und immer hatte er ein Lächeln auf dem Gesicht, das er an alle verschenkte, an die Studenten, die Professoren, das Mensapersonal und ganz besonders häufig verschenkte er es an mich, und ich lächelte zurück, ein bisschen belustigt über ihn, aber nicht abfällig. Während meines letzten Semesters sah ich ihn nicht mehr, er hatte sein Studium beendet und war zurück nach Genf gegangen, aber das erfuhr ich erst vor einigen Wochen, als er mir auf der Münsterplattform begegnet war und wir uns zum ersten Mal unterhalten und verabredet hatten.

Sehen wir uns bald einmal wieder?, fragte Maurice auf dem Weg von Münchenbuchsee nach Bern, kurz hinter dem blauen Ortsschild, das anzeigte, dass wir nun wieder in Bern waren. Ich glaube fast, er hatte so lange gewartet mit seiner Frage, bis er dachte, der Zeitpunkt wäre gut: schon beinahe wieder am Bahnhof, aber noch Zeit genug, um ein neues Treffen zu verabreden. Na ja, sagte ich, vielleicht komme ich ja mal nach Genf oder du läufst mir wieder einmal in Bern über den Weg. Maurice sagte, mmh, ja, wer weiss, und klang dabei ein bisschen beleidigt, aber als wir der Reitschule entlangfuhren, schwärmte er von der sommerlichen Aare und ich konnte hören, dass er wieder sein Lächeln im Gesicht hatte.

Maurice ist der Mensch, der einem beim Abschied im Auto die drei Küsschen statt auf die Wangen auf die Mundwinkel platziert und sagt: Wenn es nach mir ginge, würde ich dich am liebsten heute und morgen und übermorgen sehen, und der dabei errötet oder sich zumindest den Anschein gibt, aber er kann einfach nicht anders, auch wenn es vielleicht ein bisschen peinlich ist, dass er so offen ist, aber er hat einen eben wirklich gern. Dann will er ganz schnell die Autotüre öffnen und, ohne eine Erwiderung abzuwarten, aussteigen und weg sein, aber natürlich klemmt die Türe einen Moment, und so wird die Romantik ein wenig gestört. Später winkt er noch mal, aber erst nach einigen Metern, und schliesslich muss er rennen, um den Zug nicht zu verpassen.

12

Mein Vater versteht mich nicht, weil ich jung bin und begabt und gerade auf dem besten Weg, mein Talent zu vergeuden. Was ich die nächsten Monate zu tun gedenke, will er wissen, einfach nichts? Und wovon ich leben möchte, fragt er noch, und ich überlege, ob er Angst hat, dass ich ihn um Geld bitten könnte, was ich allerdings das letzte Mal vor vierzehn Jahren getan habe, als ich zu einem Konzert von Depeche Mode wollte, zu dem er mich dann nicht gehen liess, weil ich doch erst dreizehn war und vielleicht auch, weil die Karte vierzig Mark kosten sollte. Aber als Grund führte er meiner Mutter gegenüber an, ich sei zu jung und so ein Konzert sei gefährlich, und er muss so lange am Telefon auf sie eingeredet haben, dass ich am Ende tatsächlich nicht gehen durfte. Und darum habe ich meinen Vater danach nie mehr um Geld gebeten.

An die Zeit, in der mein Vater bei uns lebte, kann ich mich nicht mehr erinnern, und wenn ich mir heute vorzustellen versuche, wie er im braunen Cordsessel vor dem Fernseher sitzt, die Beine ausgestreckt auf dem dazugehörigen Hocker, in der Hand die Fernbedienung, und auf dem runden Holztischchen steht die Schale mit Erdnüssen neben der Zeitung, will mir das nicht gelingen. Kaum einer meiner Freunde kennt meinen Vater; meine Mutter, ja, die war immer da, manchmal sogar ein bisschen zu sehr. Wenn mich jemand besuchte und wir Hunger bekamen, gerade so viel, dass wir im Wohnzimmerschrank nach Keksen suchen wollten, hat sie sofort gekocht. Das ging ganz schnell, und alle waren kolossal überrascht, wenn sie mit vanillegetränkten Dampfnudeln oder Pfannkuchen und heissen Kirschen ins Zimmer kam und sich für ein paar Minuten dazusetzte, um uns beim Essen zuzuschauen. Nie merkte sie, dass ich dann oft gar nicht richtig essen konnte, weil ich den Eindruck hatte, sie verfolge jeden Bissen vom Teller bis zum Mund, und immer schämte ich mich, wenn meine Freunde im Heisshunger die erste Portion so begehrlich hinunterschlangen, dass ihnen die Sosse aus den Mundwinkeln tropfte und ihre Hände so klebten, dass sie – rieben sie sie verstohlen am Boden ab – gelbe Teppichflusen zwischen die Finger bekamen.

Ein einziges Mal habe ich einen Freund mit zu meinem Vater genommen; es war nicht geplant, sondern ergab sich einfach, weil meine Mutter mich schon Tage zuvor gebeten hatte, zum Vater zu gehen, der immer noch ihr Ehemann war, obwohl sie seit mehr als zehn Jahren zwar im gleichen Dorf, doch mit so wenig Kontakt wie möglich lebten, und ihn ein Steuerformular unterschreiben zu lassen. Da lag es nun, immer noch auf meinem Schreibtisch, zwischen Erdkundeheft und Mathebuch, und ich wollte mich gerade mit Eric aufs Bett oder zu Boden gleiten lassen, um dort ineinandergeschlungen zu reden und zu küssen, als mein Blick auf das hellrote Blatt fiel, und ich sagte, lass uns das schnell erledigen, sind nur zwei Stationen, und auf dem Rückweg hätten wir uns Schokolade holen können, Eric Vollmilch, ich Haselnuss.

Eric war sofort einverstanden, wir mussten rennen, um den Bus zu bekommen, und obwohl die Sonne schien, bildeten sich weisse Fahnen vor den geöffneten Mündern. Im Bus blieben wir stehen, hielten uns mit einer Hand an den Schlaufen fest und standen so nah zusammen, dass wir bei jedem Ruck, in jeder Kurve, bei jedem Halt gegeneinander gedrückt wurden und ich spürte durch Erics Anorak hindurch seine Wärme.

Mein Vater öffnete die Wohnungstür nach dem ersten Klingeln so schnell, dass wir beide ein bisschen erschrocken waren, wie er da vor uns stand: gross und massig, mit wildem grauem Haar über der breiten Stirn, aber glücklicherweise steckte das Hemd in der Hose, und wir folgten ihm in die Küche, wo er uns an den Tisch bat und fragte, was wir trinken wollen, und Eric nahm einen Orangensaft und ich auch. Ich legte meinem Vater das Formular auf den Tisch, und während er es durchlas, betrachtete ich seine Küche, in der ich schon ein paar Mal gewesen war, aber nie hatte ich gesehen, wie abgeschabt das graue Linoleum war und dass manche der hellgelben Kacheln einen Sprung hatten, der bei zweien sogar die ganze Diagonale durchzog. Hinter der Spüle standen verschiedene Reinigungsmittel aufgereiht, das Metall zwischen den bunten Flaschen schimmerte feucht, am Kühlschrank hielten Magneten kleine Zettel fest, auf denen Einkaufsnotizen standen, auch eine Postkarte hing dort; sie zeigte die Sixtinische Madonna von Raffael und ich fragte mich, wer solche Karten verschickt und warum.

Über die Freunde meines Vaters wusste ich nichts, auch hatte ich mich nie dafür interessiert, ob er eine neue Freundin hatte oder ob er wieder eine Familie gründen wollte; als ich nun darüber nachdachte, hielt ich das nicht für wahrscheinlich, wohl, weil ich noch nie jemanden gesehen hatte, der ihm nahe stand.

Mein Vater unterschrieb das Formular, Eric blinzelte mir zu, fragte nach der Toilette, und als er wiederkam, gaben wir meinem Vater die Hand, und er sagte noch: Ruf doch mal wieder an, vielleicht können wir ja mal sonntags was unternehmen, und ich nickte und lächelte ihm zu, aufmunternd, weil wir doch beide wussten, dass wir so schnell nichts zusammen unternehmen würden.

Draussen vor der Haustüre schaute Eric mich fragend an. Ich schaute zurück, sagte schliesslich, ist was, was ich aber gar nicht so richtig als Frage meinte, und Eric sagte: Warum hast du denn nie gesagt, dass dein Vater schwul ist?, und ich lachte, denn ich hielt es für einen Scherz, doch Eric lachte nicht, sondern erzählte, wie er auf dem Weg zum Bad ins falsche Zimmer geraten war, ins Schlafzimmer, und da habe ein junger Mann auf dem Bett gelegen und geschlafen, nackt war er, mit einem schönen Rücken und einem schönen Po. Ganz leise sei Eric wieder hinausgegangen, die Tür habe er geräuschlos ins Schloss gezogen, das Badezimmer gefunden, und als er zurückgekommen sei, habe mein Vater gerade den Orangensaft weggeräumt und mir das Formular gegeben, und dann hätten wir uns auch schon verabschiedet. Ich sah ihm an, wie verstört er war.

Auch wenn ich es hätte tun können, zweifelte ich keinen Augenblick daran, dass Eric die Wahrheit sagte. Dass mein Vater schwul war, schien mir plötzlich auch gar nicht überraschend, vielleicht hatte ich es ja immer geahnt, nur vorstellen wollte ich es mir nicht, wie er mit dem nackten Mann auf seinem Bett schlief, die Tagesdecke zerdrückt in einer Ecke des Bettes oder aber er hatte sie vorher weggeräumt und da lag sie nun, ordentlich zusammengefaltet, auf dem Sessel. Die Schokolade vergassen wir.

13

Heute Morgen habe ich an Bruno gedacht. Ich habe von ihm geträumt, auch wenn der Mann, der in meinen Träumen durch meine Zimmer spazierte, sich vor der Balkontür zu mir umdrehte, auffordernd mit den Knöcheln seiner rechten Hand gegen die Scheiben klopfte – und gleich darauf wars mein Kopf, den er schlug, ohne dass es schmerzte –, nicht aussah wie Bruno. Er war klein und schmächtig und sein Gesicht ähnelte dem meiner ersten Liebe, die mich nicht wiederliebte. Im Traum lässt er sich auf einen Küchenstuhl sinken, ich stehe neben ihm und koche einen

Brei, der süsslich riecht. Ich rühre mit einem langen Holzlöffel im Blechtopf, doch bin ich im nächsten Moment nicht mehr in meiner Wohnung, sondern in einer Grossküche, offenbar gehört sie zu einem Landschulheim, ich höre Kinder rufen und sehe sie durch die Scheiben miteinander spielen. Ein Pärchen, beide vielleicht vierzehn Jahre alt, entfernt sich von der Gruppe: Sie laufen über die Wiese, stossen immer wieder mit den Schultern aneinander, so nahe gehen sie, ihr Ziel kenne ich nicht, vielleicht kennen sie selbst es nicht einmal, und obwohl ich sie nur kurz von vorne sehe – als sie den anderen etwas zurufen, was ich nicht verstehen kann –, weiss ich, dass sie glücklich sind, und einmal bleiben sie stehen, und der Junge zieht das Mädchen zu sich heran.

Ich koche immer noch den Brei, und hinter mir sitzt der Mann, der nicht aussieht wie Bruno, es aber ist. Plötzlich läuft er vor mir, wir sind in einem Bahnhof, in welchem bloss? Ich sehe immer nur Brunos Rücken, ich will ihn einholen, aber so sehr ich auch laufe, ich komme nicht von der Stelle, die grosse Bahnhofsuhr rückt mit unglaublicher Geschwindigkeit voran, schon ist es nach elf, und ich sollte um elf an einem bestimmten Ort sein, das weiss ich, aber wo? Und ich renne, rudere mit den Armen, stosse gegen Imbissstände und Reisende, ganz atemlos werde ich, aber immer noch bin ich unter der Bahnhofsuhr. Bruno ist nicht mehr zu sehen.

Über Nacht hat sich unsere Beziehung verändert. Auf seinem letzten Brief hatte der Absender gestanden, eine Adresse in Basel, und schon als ich das noch verschlossene Kuvert in der Hand hielt, wusste ich, dass nun alles anders würde.

Bruno schreibt: Es wird Herbst. Nicht zu glauben, dass der eine oder andere keine Rilkegedichte unter dem nassen Laub vergräbt, um sie im Frühjahr wieder auszugraben. Ich habe wie immer Nöte, aber auch Hoffnung. Ich will dich sehen. Ginge es am 10. Oktober? B.

Wenn Bruno schreibt, er habe Nöte, klingt das, als ob er es auch kenne, das Gefühl zu ertrinken, und wie sich einem dann das Gesicht verzieht, unwillkürlich, und die Luft wird knapp, weil das Weinen so nahe liegt, aber sicher weiss auch er nicht so recht, warum er eigentlich weinen sollte, und ohnehin wäre es besser, nicht zu viel nachzudenken, der Angst gar nicht erst ins Auge zu sehen, wozu auch, das Leben ist kein Stierkampf.

Zum ersten Mal schreibe ich an Bruno: Ja. Willst du zu mir kommen?

Und zwei Tage später dann seine Antwort: Ja. Zu dir.

Und nun warte ich die nächsten drei Wochen und weiss, dass Bruno als Liebhaber kommt, auch wenn er vielleicht verheiratet ist – einen Ring trug er – und Kinder hat, die in meinem Alter sein mögen, und wahrscheinlich werde ich nicht seine erste Affäre sein, aber auch nicht seine letzte, und schon überlege ich, was ich für ihn kochen, für ihn anziehen kann. Meine Wohnung schaue ich mit seinen Augen an: Das schwarze Sofa, aus dem in haarfeinen Spuren die Füllung heraustritt, die beiden Sessel, die nur modern, aber nicht bequem sind, der türkische Teppich im Flur, der schwarze Schreibtisch, überladen und unordentlich, und die Bücherwand, deren Bestände ich am liebsten vor und nach jedem Besuch zählen würde; ungern verleihe ich mal ein Buch, aber wenn ich mir eins leihe, gebe ich es nicht zurück. Meine Schuhe stehen unter der Garderobe, eine Felljacke hängt da, ein Lodenmantel, eine Lederjacke. Meine Bettwäsche ist weiss, und alle Stofftiere müssen für den Abend, an dem Bruno kommt, verschwinden. Ich weiss von Bruno gar nichts.

Auf dem Anrufbeantworter hat er mir eine Nachricht hinterlassen. Ohne seinen Namen zu nennen, doch bin ich sicher, dass er es ist, der da sagt, er würde gerne wissen, woran ich gerade denke, und als ich es höre, denke ich an ihn.

Ich stelle mir vor, wie es sein wird, wenn er zu mir kommt: Am Bahnhof hole ich ihn ab, und an einer Leine führt er neben sich einen schwarzen Hund, der zur Begrüssung meine Finger leckt, während Bruno mich anlächelt. Wir geben uns die Hand und sagen hallo. Zur Haltestelle der Strassenbahn müssen wir fünf Minuten laufen, und die ganze Zeit spüre ich, dass Bruno dicht neben mir läuft, auch wenn ich ihn kaum anschaue, denn ich befürchte, man sieht mir meine Verlegenheit an und merkt, dass ich ihn gerne schon auf dem Bahnsteig geküsst hätte, aber gewagt habe ich es nicht. In meiner Wohnung führe ich ihn herum, ich tue so, als wäre es immer so aufgeräumt bei mir – sogar das Badezimmer habe ich geputzt, trotzdem bleibt es aber schmal und braun gekachelt, doch wenn man unter das kleine Holzschränkchen schauen würde, sähe man, wie sauber es sogar dort ist. In der Küche steht Bruno hinter mir, als ich den Wein aus dem Kühlschrank holen will, und vielleicht stosse ich dabei an ihn. Er umfasst mich, seine Hände sehe ich auf meinem Bauch und sein Körper lehnt sich gegen meinen Rücken. Sein Atem liegt warm in meinem Nacken und kitzelnd stieben meine kurzen Locken auseinander. So bleiben wir stehen und können uns langsam an die Nähe gewöhnen, ohne uns anzusehen. Wenn ich mich dann zu ihm umdrehe, schliesse ich meine Augen und mein Herz klopft, als wolle es heraus aus der zu engen Brust. Ich spüre, wie Brunos Gesicht zu meinem kommt und wie ich ihn ersehne, diesen ersten Kuss, diese überraschende Berührung seiner Lippen, und obwohl ich es doch kenne, das Gefühl, wäre es ganz anders. Auf dem Weg zum Schlafzimmer küssen wir uns, im langsamen Gehen, bei dem ich ihn führe, und in meiner Vorstellung stolpern wir dann weder über seinen Hund, der noch fremdelnd im schmalen Flur steht, noch über seine Tasche, die er dort liegen liess, nachdem er eingetreten war. Ungehindert gelangen wir zum Bett, und dort ziehe ich ihm seinen Pullover, sein Hemd und seine Jeans aus, während auch er mich entkleidet, und wie wir uns so küssen und berühren, sind wir uns plötzlich gar nicht unbegreiflich. Wie eine Brücke beugt er sich dann über mich, auf Händen und Knien abgestützt, sein Mund ist auf meinen Lidern, meinen Wangen, an meiner Brust, den Armen, zwischen meinen Beinen. Setze ich mich auf ihn, liebe ich den leichten Schmerz und suche den Rhythmus. Und sehe ich ihn an, von oben tief herab, fühle ich mich rein und stark und schön.

Das denke ich, wenn ich Brunos Stimme höre.

14

Nellys Vater ist gestorben. Vor drei Tagen, am frühen Morgen, hat man Nelly verständigt. Die Lernschwester hatte ihn auf ihrem letzten Rundgang vor der Ablösung gefunden. Erst hatte sie ihn für schlafend gehalten, wie er da lag, die Augen geschlossen, die Arme und Schultern unverhüllt von der Decke, das Gesicht seitlich in das Kopfkissen gedrückt, fast embryonal sei seine Stellung gewesen, sagte die Schwester, und gerade das schien sie zu irritieren, vielleicht weil Tod und neues Leben hier unziemlich vermischt waren. Sie sei, erzählte sie Nelly, die so schnell wie möglich ins Krankenhaus gekommen war, bereits wieder auf dem Flur gewesen, als sie daran gedacht hatte, ihm die Decke zurechtzurücken. Auf Zehenspitzen sei sie an das Bett herangetreten, vorsichtig habe sie eine Ecke des Federbetts zwischen die Finger genommen, doch als sie dann versuchte, es über seine Schultern im blau gestreiften Pyjama zu ziehen, habe sie gemerkt, dass seine linke Hand sich im Todeskrampf um das Tuch gespannt hatte. Und erst dann wurde sie gewahr, dass er schon zu erkalten begann.

Nelly hat mich am nächsten Abend angerufen. Es ist so weit, waren ihre ersten Worte, und ich konnte hören, wie sehr sie wollte, dass das forsch klänge, aber innen waren die Worte hohl. Gestern Morgen ist er gestorben, mein Vater. War ja zu erwarten, ist nun aber natürlich doch ein Schock. Nelly räusperte sich. Tja, was soll ich sagen. Ich war am letzten Tag bei ihm, und er hat wieder nicht mit mir gesprochen, also nur dass du es weisst, ich meine, es gab keine Versöhnung und auch keine Annäherung, wie man sich das sonst so vorstellt. Wahrscheinlich hatte er nicht gewusst, dass es so schnell zu Ende gehen würde, na ja, geahnt hatte er das schon, aber vielleicht wollte er eben auch keine Dramatik am Ende. Nellys Stimme brach ab, ich hörte ein Schluchzen. Ich sagte, wie Leid es mir tue, doch Nelly überging das. Nun, also Inga, was ich fragen wollte, und ihre Stimme zitterte nur noch ganz wenig, könntest du nicht mit mir kommen, übermorgen zur Beerdigung, weil, wie sieht denn das aus, nur ich und vielleicht noch ein paar Arbeitskollegen; denn meine Mutter und mein Bruder, also die organisieren zwar die Beerdigung mit, aber ob sie dann dabei sein werden, wissen sie noch nicht, na, und dann vielleicht noch die zweite Witwe von ihm, ich weiss nicht, ich kenne sie ja nicht mal. Nelly weinte. Und wie sieht denn das aus, wiederholte sie, ich da im schwarzen Kleid, mit Hut und Stiefeln, und niemand neben mir, und ich war doch noch nie an einer Beerdigung –. Nelly, ich komme, ist doch klar, habe ich gesagt und dann noch gefragt, ob sie mich jetzt schon sehen wolle, aber sie sagte, besser nicht, und dass sie lieber erst einmal allein wäre.

Nun stehen wir hier. Nelly trägt tatsächlich ein schwarzes Kleid. Der schmale Rock sieht aus, als sei er aus Satin, das Oberteil ist mit Spitze durchsetzt, und am Arm hat sie eine kleine, schwarze Ledertasche hängen, die wie ein umgedrehter Ballon in Falten nach oben hin zusammenläuft. Hut und Schleier hat Nelly weggelassen. Nervös eilt sie mir entgegen, als ich gegen elf zum Stadtfriedhof komme. Das Grüppchen der Trauernden steht ein bisschen verloren vor der

Friedhofskapelle, man redet zusammen, wenn man sich kennt, und ich höre, wie ein grauhaariger Mann sich an eine neben ihm stehende Frau wendet und sagt, dass es furchtbar sei und doch wirklich noch kein Alter, 58, und Nelly zieht mich am Arm zu ihrer Mutter hin, die nun doch gekommen ist und mit verschlossenem Gesicht ein paar Meter von der Gruppe entfernt steht. Jahre sind vergangen, dass ich ihr begegnet bin; auf Nellys Feier zum Studienabschluss, an der ich ziemlich betrunken war und nur mit Mühe den Kopf gerade und die Stimme festhalten konnte, hatte Nelly mich zu ihrer Mutter hingeführt, um mich vorzustellen: Das ist Inga, die begabteste Studentin und zukünftige Starregisseurin. Nelly war auch betrunken gewesen. Nellys Mutter hatte gelacht, aber nicht ganz echt, und mir die Hand gegeben, das klingt ja viel versprechend, hatte sie gesagt, und trotz des enthemmenden Alkohols war mir der Kopf heiss geworden. Nun scheint Nelly zu überlegen, ob sie uns noch einmal vorstellen soll, wo unser Kennenlernen doch schon einige Jahre zurückliegt, und darum sucht sie einen Mittelweg und sagt: Schau, Mama, Inga ist auch gekommen. Ihre Mutter ist offenbar wirklich erfreut, dass ich gekommen bin, sie sagt, ach, wie schön, aber das wäre doch nicht nötig gewesen, eine Aussage, die eigentlich zu dem Anlass nicht passt, doch für Nellys Mutter scheint der Aufwand um ihren verstorbenen Ehemann tatsächlich ein bisschen gross;

sie selbst hatte ja noch überlegt, ob sie überhaupt zur Beerdigung gehen sollte.

Als der Pfarrer kommt, werden die breiten Torflügel der Kapelle auseinander gestossen und das Grüppchen geht hinein, die Leute verteilen sich, wobei sie die erste Reihe für Familienangehörige frei lassen, und Nellys Mutter schiebt ihre Tochter in diese Richtung, und Nelly umklammert meine Hand, so dass schliesslich sie, ich und eine blonde Frau – die zweite Frau von meinem Vater, flüstert mir Nelly zu – in der ersten Reihe sitzen. Kurz nicken wir hinüber zu der Frau, die einen kleinen Hut anhat, an dem ein Netz bis zur Mitte der Wangen hinunterreicht. An den Händen trägt sie schwarze Lederhandschuhe, und dass ihr dunkelgraues Kleid teuer war, sieht man sogar, wenn sie sitzt. Sie knetet mit der rechten Hand ein zerdrücktes Taschentuch, und sicherlich sind ihre Augen rot und die feine Haut darunter ist geschwollen. Neben zwei grossen weissen Kerzen und einem Blumengebinde aus Rosen, Nelken und Efeu lehnen zwei kleinere Kränze. Am linken – gelbe Gerbera und rote Beeren – hängt eine weisse Schleife, auf der steht: Ruhe in Frieden, deine Kollegen. Die Schrift auf der Schleife am rechten Kranz, der ganz in Weiss und Grün gehalten ist, kann ich von meinem Platz aus nicht lesen. Das Gebinde in der Mitte stammt sicherlich von der zweiten Frau, zumindest steht ein einzelner Frauenname auf der goldfarbenen Schleife, und ausserdem ist sie die einzige Person, die weint, als der Pfarrer mit seiner Predigt anfängt, und noch heftiger, als er von den Bibelzitaten zum persönlichen Teil kommt. Immer wieder muss sie in ihr Taschentuch schnauben, um zu Luft zu kommen, und einmal hält sie sogar ihre Hände vor das benetzte Gesicht und schluchzt, als könne sie nie mehr damit aufhören.

Dass Nelly weint, merke ich erst gar nicht, kein Zittern durchläuft sie, wie sie da neben mir sitzt, sie krümmt sich nicht, fährt sich nicht mit den Fingern unter den Augen entlang, fängt nicht an, in ihrer Ballontasche nach einem Taschentuch zu suchen, lehnt sich nicht an mich, seufzt nicht. Aber als mein Blick ihr Gesicht streift, zufällig, weil ich eigentlich schauen möchte, ob die Kapelle voll besetzt ist und ob ich nicht doch jemanden kenne, sehe ich, wie ihr die Tränen die Wangen hinunterlaufen, eine nach der anderen und so schnell, als verfolgten sie einander, während die Augen weit geöffnet ins Leere blicken und ihr Mund ein wenig offen steht.

Zum Essen im ‹Kreuz› bleibe ich noch. Es ist kein Buffet angerichtet, sondern die Leute bestellen auf Kosten der Hinterbliebenen, was sie mögen. Nelly und ich nehmen beide Wildragout, doch obwohl das Fleisch zart ist und die Maronen, hat man sie erst einmal angebissen, weich und süss den Mund füllen, stochert Nelly nur in ihrem Essen rum. Ihre Mutter sitzt ihr gegenüber und löffelt mit energischen Bewegungen eine Tomatensuppe; einmal streichelt sie, als sie meint, ich sähe es nicht, Nellys Hand, die bewegungslos neben ihrem Teller liegt und an der ein kleiner, silberner Ring das Licht der Deckenlampe widerspiegelt. Und Nelly kehrt zurück aus ihren Gedanken, lächelt ihr kurz zu, hebt ein bisschen den Kopf, nimmt eine Marone auf die Gabel und lässt sie in ihrem Mund verschwinden. Hinter uns höre ich zwei Männer miteinander reden, leise, doch eindringlich, es ist die Arbeit dran schuld, höre ich den einen sagen, aber die Antwort des anderen kann ich nicht verstehen, der Tonfall ist beschwichtigend. Es ist eben doch so, sagt der erste wieder, kaputt macht sie uns. Und nun höre ich auch, was der Angesprochene sagt, er hat seine Stimme angehoben. Lass das jetzt, sagt er. Der andere schweigt.

Am Abend rufe ich noch einmal bei Nelly an, doch sie ist nicht zu Hause. Wahrscheinlich ist sie bei ihrer Mutter, und ich kann mir vorstellen, wie sie beide ratlos im Wohnzimmer sitzen, schon umgekleidet für die Nacht, und überlegen, ob sie den Fernseher anmachen dürfen an einem solchen Tag, um sich ablenken zu lassen. Es scheint so ungebührlich, wie an Weihnachten, wenn man gemeinsam gegessen hat, die Kerzen am Baum brennen und man sich unterhält, miteinander anstösst, und dann tauscht man die Geschenke aus und umarmt sich reihum, doch plötzlich, vielleicht nach vier Stunden, ist der Vorrat an Feierlichkeit aufgebraucht, aber fürs Bett ist es noch zu früh, und dann schaltet einer eben doch den Fernseher ein, wie an jedem Abend, und man macht sich ein wenig lustig darüber, aber eigentlich sind alle froh, dass der Alltag nun wieder einkehrt.

Vielleicht wäre es besser für Nelly, wenn sie wüsste, worum sie trauern könnte, wenn ihr ein paar Begegnungen mit ihrem Vater einfielen, wegen derer sie ihn vermissen würde. Dann könnte sie die Augen zu zwei winzigen Schlitzen zusammenpressen, das Gesicht verziehen, es in die Hände legen, und es würde sie am ganzen Körper schütteln. Aber sollte Nelly an diesem Abend noch einmal weinen, vielleicht beim Fernsehen, täte sie dies sicherlich mit offenen Augen und so, dass ihre Mutter es gar nicht merken würde.

15

Am zweiten Tag nach der Beerdigung ist der Himmel plötzlich strahlend blau, und jetzt kann man sehen, dass die Blätter an den Bäumen goldgelb sind, nicht braun. Als das Telefon klingelt, frühstücke ich gerade, und obwohl ich immer noch bei jedem Klingeln ein bisschen hoffe, dass Paul es ist, freue ich mich, als Patrick sich meldet. Er will rausfahren, einen Ausflug machen, muss man doch einfach, bei dem schönen Wetter, sagt er, und ich sage ja und frage, wann, und er sagt, in zehn Minuten, mach dich fertig. Kaum bin ich angezogen und habe die Haare gekämmt, steht Patrick vor der Tür, bringt frische Luft mit sich, umarmt mich flüchtig und sagt, komm, und ich habe gerade noch Zeit, meine Tasche umzuhängen und der Katze die Decke aufzuschütteln, bevor Patrick mich aus der Wohnung drängt.

Unten steht sein Lancia, rot, mit offenem Verdeck, und Patrick öffnet die Beifahrertür mit einer übertriebenen Verbeugung, bei der sein Kopf beinahe seine Knie berührt, doch ich bleibe stehen und sage, du spinnst, ich fahre sicher nicht ohne Dach, es sind gerade mal 15 Grad, wenn überhaupt, da bekomme ich Ohrenschmerzen. Statt einer Antwort greift Patrick mit schnellen Fingern auf den Rücksitz und hält triumphierend eine Fliegermütze hoch. Trotzdem nicht, sage ich, und sein Triumph erstirbt, fast will er beleidigt sein, aber als er sieht, wie stur ich bin und dass ich nicht nachgeben werde, schliesst er leise murrend das Faltdach des Lancias.

Nach Pontarlier fahren wir. Patrick hat die Route rausgesucht, über Kerzers und Ins nach Neuchâtel, von da aus ins Val de Travers, über die Grenze, und schon sind wir im französischen Pontarlier, wo wir essen werden und Menschen anschauen und dann vielleicht noch etwas spazieren gehen. Patrick braucht keine Karte, und so habe ich die Augen frei, um in die

Landschaft zu schauen. Ich sehe die Bauerngärten, die, bunt und nach geheimer Ordnung wild, auf die Strasse leuchten, den Autofahrern zu Gefallen. Ich sehe Menschen mit leeren Körben zum Supermarkt gehen, andere mit vollen hinauskommen. Ich betrachte die Hilfspolizistinnen, die den Kindern über die viel befahrene Strasse helfen, einmal sehe ich am Strassenrand eine tote Katze liegen, und mir wird ein bisschen schlecht.

Patrick hat eines jener Gesichter, die im Profil schöner sind als von vorne. Nur im Profil kann man sehen, wie fein seine Nase, sein Näschen eigentlich, geschnitten ist, wie die Stirn sich wölbt, um dann zwischen den Brauen eine kleine Kuhle zu bilden, bevor der Nasenrücken beginnt. Zwischen Nase und Mund liegt eine Vertiefung, gerade in der richtigen Grösse, um die aufgeworfenen Lippen zu betonen. Sein Kinn ist nicht hervorspringend und nicht fliehend, wäre es das eine oder das andere, fände ich Patrick nicht so hübsch, da bin ich empfindlich.

Gerne würde ich die Konturen seines Gesichts nachzeichnen, mit der Kuppe des Zeigefingers der Stirn entlang, die Nase herab fahren, kurz an der Lippe verweilen und von dort aus über die Wange zum Ohr streichen, und dann würde ich das Kinn umfassen; während Patrick fährt, könnte er so seinen Kopf ein wenig in meiner Hand abstützen.

Als Patrick merkt, dass ich ihn betrachte, wendet er mir schnell das Gesicht zu und klimpert mit den Augen, wie bei einer Puppe sieht das aus, und fast meine ich, das klackernde Geräusch beim Öffnen und Schliessen der Augendeckel zu hören. Liebst du mich etwa?, fragt er und ich gebe ihm einen Klaps auf seinen rechten Oberschenkel und sage, schau auf die Strasse. In Neuchâtel sind die Häuser gelb, Jurasandstein, sagt Patrick und blickt suchend aus dem Fenster, um die Richtung zu finden.

Der Weg durch das Val de Travers ist kurvig und Patrick fährt etwas zu schnell, so dass ich mich am Rand meines Sitzes festhalte, wenn sich der Lancia in eine Kurve legt. Hilft nichts, sagt er zu mir, lachend, und wieder schaut er nicht auf die Strasse, sondern auf mich und ich antworte lieber gar nicht erst. Auf Kassette läuft eine Aufnahme von Patricks eigener Band, ‹Kamikaze› nennt die sich, doch der Name trügt: Die Lieder sind melodiös und klingen wie die Swinging Twenties, und Patrick, der Sänger, singt, how wonderful you are, und genau so fühlen wir uns gerade. Wir sind James Dean, aber bauen keinen Unfall, schreit Patrick, gerade als uns die Sonne so grell entgegenscheint, dass wir die Augen zusammenkneifen und die Sonnenblenden runterklappen müssen. Und die Musik ist laut und wir sind für einen Moment ganz schön glücklich.

Patrick hat einen Picknickkorb gepackt, damit überrascht er mich, als wir an einer Wiese vorbeikommen, an der er abbremst, aussteigt, meine Tür öffnet und mich zum Essen bittet. Es gibt Brot, harte Eier, Obst und Wein und ausserdem eingelegte Bratheringe und Schokolade, die schon ein bisschen weich geworden ist und die wir uns auf die Zunge legen, um sie dort vollends zerlaufen zu lassen, den Kopf in den Nacken gelehnt, die Augen geschlossen, und nur manchmal blinzeln wir durch die Wimpern in den blauen Himmel. Von einem Baum trudeln gelborange Blätter herab, wie bunte Schneeflocken sieht das aus, aber als ich es Patrick zeigen möchte, ist das Blätterspiel schon vorbei.

In Pontarlier gehen wir Kaffee trinken und bummeln: Patrick immer an meiner Seite, und nur einmal drängt er in einem Schuhladen, ihm sei langweilig und ich hätte doch sicherlich genug Schuhe, und ich bitte ihn rauszugehen und zu warten, während ich weiter Stiefel anprobiere. Von aussen schaut Patrick herein, ein Eis in der Hand, an dem er gedankenverloren leckt, eine Hand zwischen Wange und Fensterscheibe, um besser hineinsehen zu können, und als er mich hinter dem Glas entdeckt, zieht er eine Grimasse und winkt mir mit dem Eis zu und ich hoffe, dass er nicht auf die Idee kommt, das braune Bällchen gegen die Scheibe zu drücken.

Am Abend im Restaurant nehmen wir Meeresfrüchte, aber als ausser Krabben und Langusten auch

Seeschnecken und Austern kommen, ist nur Patrick erfreut. Eine Auster nach der anderen nimmt er in die Hand, hält sie mit spitzen Fingern, beträufelt sie mit Zitronensaft, und manchmal glaube ich sie zucken zu sehen; dann schlürft Patrick die Schale leer, verdreht genüsslich die Augen und nimmt einen grossen Schluck Champagner, und ich hole währenddessen mit einem Zahnstocher eine Schnecke aus ihrem Häuschen und versuche, mich nicht zu ekeln. Wenigstens probieren musst du, sagt Patrick, und natürlich hat er Recht, doch immer, wenn ich die Auster an meine Lippen führe, kann ich mir nicht vorstellen, die glibbrige Masse zu trinken, und ob man sie kaut, weiss ich nicht. Und so lege ich jedes Mal die Schale wieder hin, schaue nur manchmal nach, ob sich nicht vielleicht eine kleine Perle dahin verirrt hat und in der Küche übersehen worden ist, und Patrick schüttelt den Kopf über so viel Naivität.

Ich habe nie gewusst, was du von dem gewollt hast, sagt Patrick in die Dunkelheit des Autos hinein, und ohne dass wir von Paul gesprochen haben, weiss ich, dass er ihn meint. Reiner Prestigegewinn, Sicherheitssuche, was anderes kann ich mir nicht vorstellen. Gerontophilie. Und das bei so einem. Patricks Stimme klingt angewidert, und ich erinnere mich, wie Patrick Paul kennen gelernt hatte, im ‹Café du Théâtre›, an einem Samstagabend vor sechs Jahren, nach einer Probe des ‹Danton›, den Paul inszeniert hatte. Paul und ich waren noch kein Paar gewesen, doch Patrick, meine erste Berner Bekanntschaft, benahm sich sofort, als sei er eifersüchtig auf Paul. Er neidet ihm seinen Erfolg und sein Ansehen, hatte ich sofort gedacht und mit Verwunderung gesehen, wie Patrick alle Äusserungen des Älteren mit Verachtung quittierte, sei es, dass er die Augenbrauen hochzog, den Kopf wie verwundert schüttelte oder sich zu einem Aha herabliess, das um keinerlei Sympathie buhlte.

Paul ignorierte ihn, er brauchte den Studenten nicht, den fast niemand am Tisch kannte. Zwar entging es ihm keinesfalls, wie abweisend Patrick sich verhielt, doch war seine Verachtung vernichtender: Mit nachsichtigem Lächeln und hauchfeinem Nicken beantwortete er Patricks Unmutsbekundungen, bis dieser schliesslich aufstand und sich mit einem genuschelten Gruss und einem müden Winken in die Runde verabschiedete.

Dass das überhaupt so lange hielt, ist mir unerklärlich, hebt Patrick wieder an, und noch immer ist um uns alles dunkel, nur manchmal sieht man von ferne einen Lichtstrahl, der sich dann zu zwei Scheinwerfern eines entgegenkommenden Wagens bündelt. Ich sage dir, sei froh, dass es jetzt vorbei ist, du brauchst den doch gar nicht, oder meinst du, du bist jetzt plötzlich unwichtig, da du nicht mehr mit dem ‹grossen Paul› zusammen bist? Nein, antworte ich, und dass ich jetzt wirklich keine Lust mehr habe, darüber zu reden, aber innerlich sage ich mir, ja, so ist es wohl, und ärgere mich, dass Patrick, der ewige Student, bei dem keine Beziehung länger als drei Wochen hält und der noch genau da ist, wo er war, als ich ihn kennen lernte, so selbstgefällig in seinem Sitz lehnt und sich über meinen Geschmack mokiert.

16

Von Paul gehört hatte ich das erste Mal von Sandra, auch wenn mir sein Name wohl schon vorher einmal in Rezensionen oder im Seminar begegnet war. Paul Wächter. Seit ein paar Wochen war Sandra, die bereits im sechsten Semester Theaterwissenschaft studierte, Praktikantin beim Stadttheater, als sie mir von dem Regisseur erzählte, der – gerade mal vierunddreissig Jahre alt – bereits an verschiedenen deutschsprachigen Bühnen gearbeitet hatte und nun in die Schweiz zurückgekehrt war. So charismatisch sei er, hat sie gesagt, und dann hat sie vorgemacht, wie er Bühnenanweisungen gab: Sandra stellte sich mit gerecktem Kopf, den rechten Arm vor der Brust angewinkelt, vor eine imaginäre Bühne und rief im heiseren Stakkato einige Sätze hinauf, ein bisschen wirkte sie wie ein aufgebrachter Napoleon, sie beschrieb, wie er die Schauspieler zu Höchstleistungen antreibe, alles ist man ihm zu geben bereit, hat sie gesagt, und jeder will ihm gefallen, ob Frau oder Mann. Sie erzählte, wie gross er sei – etwa eins achtzig, aber man hält ihn für grösser –, wie sein glattes Haar immer ein wenig unordentlich über die obere Hälfte der Ohren hing und ihm ins Gesicht falle, wenn er eine ungestüme Geste mache, wie er seine Brille abnehme, die Stirn in die linke Hand stütze und sie reibe, wenn wieder einmal jemand seine Anweisungen nicht verstehe – Sandra rieb sich die Stirn und blickte resigniert ins Leere.

Sie hat erzählt, wie seine Stimme klingt, wie er sich bewegt, wie er sie anschaut, wenn sie ihm, so leise wie möglich die Anweisungen des Regieassistenten befolgend, nahe kommt; manchmal sehe er dann aus wie ein Opferlamm, hat Sandra gesagt, und dass sie ihn dann gerne in den Arm nehmen und ihm helfen würde, aber was kann ich denn da schon machen, fragte sie, ich meine, ihm kann niemand helfen, höchstens er den anderen. Und Sandras Gesicht hat sich zu einer Miene der Ratlosigkeit verzogen, wie sie sich da mir zuwandte, die Arme zur hilflosen Gebärde geöffnet, die Handflächen nach oben: Sieh hier, gar nichts kann ich tun. Ich habe gleich gesehen, dass Sandra verliebt war in Paul und dass sie wohl auch dagegen gar nichts tun konnte, aber obwohl ich das wusste und obwohl ich ja auch schon manche ihrer Liebschaften miterlebt hatte, fuhr mir das Erkennen mit einem Stich in die Eingeweide, vielleicht sogar ins Herz.

Wenn es nach Sandra gegangen wäre, hätten wir die nun folgenden Tage und Nächte über Paul gesprochen, und nur mühsam konnte ich mich dagegen wehren. Jede Kritikfähigkeit schien sie eingebüsst zu haben, und jeder Tag, den sie im Theater verbrachte, unbemerkt in der Nähe von Paul, bestärkte sie in ihrer Überzeugung, ihn zu lieben, auch wenn sie dies nur einmal aussprach, als ich sie direkt danach fragte. Liebst du ihn denn?, hatte ich sie unterbrochen und dabei kaum noch die Stimme zur Frage angehoben, denn ich kannte ja die Antwort, und Sandra sagte auch nur, aber ja, und fragte ungläubig, ob man das denn nicht merke, und so hatte ich denn meinen Todesstoss erhalten.

Als ich Paul schliesslich kennen lernte, kam er mir vertraut vor, ohne dass ich ihn anziehend gefunden hätte. Sandra und ich waren am Abend verabredet gewesen, doch eine halbe Stunde bevor wir uns im Restaurant treffen wollten, hatte sie angerufen und abgesagt. Paul habe sie alle zu einer zusätzlichen Probe mit anschliessender Diskussion gebeten, und da könne sie einfach nicht nein sagen, das verstünde ich doch sicher. Aber ich verstand es nicht, vielleicht weil ich Hunger hatte, wohl aber, weil ich mich schon den ganzen Tag auf den Abend gefreut hatte, meinerseits sogar eine Einladung ausgeschlagen hatte, leichten Herzens, denn ich wollte Sandra sehen. Als Sandra merkte, wie wütend ich war, sagte sie, ich solle mitkommen; klar geht das, meinte sie, je mehr Kritiker, desto besser, und ich habe gesagt, ja, ich komme dann um sieben zum Theater, und habe aufgelegt, ohne zu wissen, ob ich mich freuen sollte oder nicht.

Um zehn vor sieben stand ich allein vor dem Theater und wartete auf Sandra, die nach fünf Minuten ihren Kopf aus der grossen Holztür herausstreckte und mich rief, ich solle kommen, und warum ich denn draussen warte, alle seien bereits drinnen, und da dachte ich mir schon, dass das wahrscheinlich ein anstrengender Abend werden würde. Der Theatersaal war dunkel, als wir reinkamen, in der ersten Reihe sassen ein Dutzend Leute, denen ich im Vorbeischleichen schnell zunickte, bevor ich mich neben Sandra auf den Ecksitz fallen liess.

Die Bühne wurde hell, man sah Danton, kniend auf einem Schemel, vor ihm die schöne Julie, und bereits nach ein, zwei Sätzen fragte sie ihn: Glaubst du an mich?, und Danton blickte in den Zuschauerraum, fuhr sich durchs schulterlange Haar und rief aus: Was weiss ich! Wir wissen wenig voneinander. Und dass wir Dickhäuter seien, die Hände zwar nacheinander ausstreckten, doch rieben wir nur das grobe Leder aneinander – einsam seien wir, sehr einsam. Sandra wurde unruhig, ich spürte ihre Bewegungen, wir teilten uns eine Armlehne. Sie schaute nicht auf die Bühne, sondern zu Paul. Und als ich Sandras Blick folgte, sein konzentriertes Gesicht ansah, wendete er sich plötzlich zu uns um und lächelte kurz, fast bissig. Schnell sah ich wieder auf die Bühne.

Bei der anschliessenden Besprechung im Café sass ich neben Sandra, ganz stummer Diener hielt ich ihre und meine Jacke auf dem Schoss. Schnell hatte ich meine Cola getrunken und liess die Eiswürfel im Mund umherrollen, bevor ich sie mit knackendem Geräusch zerbiss. Sandra hatte mich allen vorgestellt, nur Patrick kannte ich schon, und ich hatte jedem die Hand gegeben, auch Paul, der sich nun neben mich setzte, an meine rechte Seite, zwei Sitze von Sandra entfernt, und der mich fragte, wie es mir denn gefallen habe, ich würde gar nichts sagen, und ob ich immer so still sei. Was geht ihn das an, dachte ich, und gelangweilt sagte ich ja, und dass es mir gefallen habe. Paul schaute mich unter schweren Lidern hervor prüfend an. Was studierst du denn?, fragte er. Theaterwissenschaften wie Sandra, sagte ich. Suchst du denn keinen Praktikumsplatz?, fragte Paul. Nicht direkt, sagte ich, doch Paul meinte, er würde gern meine Nummer haben, um sich bei mir zu melden, wenn wieder mal was frei werde. Noch während er sprach, kramte er bereits in der Innentasche seiner Jacke nach einem Stift. Als ich meine Adresse auf den Bierdeckel notierte, sah Sandra herüber, blickte Paul an, dann mich, und sofort erfasste sie die Situation: Inga schreibt Paul ihre Telefonnummer auf. Ich versuchte in ihre Augen zu schauen, schüttelte unmerklich den Kopf, doch Sandra starrte mich nur kurz an und schaute dann abrupt weg. Danke, sagte Paul, ich melde mich. Und lächelte.

17

Meine Mutter will mich sehen. So lange sei ich nicht mehr zu Hause gewesen, hat sie gesagt, und auch Tante Ellen und ihr Mann würden mich gerne mal wieder bei sich haben, gerade gestern hätten sie nach mir gefragt, und jetzt, da ich keine Arbeit mehr habe, könne ich doch gut mal für eine ganze Woche nach Hause kommen.

Die Nachbarin wird die Katze versorgen, wie immer, wenn ich verreist bin, dafür schaue ich, wenn sie eine Reise macht, nach ihren Fischen, was nicht ganz einfach ist: Nur wenige Blättchen des würzig riechenden Fischfutters darf man in das Wasser streuen. Dosiert man nicht genau und gelangt zu viel Futter ins Wasser, muss man den Eimer und den Schlauch holen und das alte Wasser gegen frisches wechseln. Einmal, im Sommer vor zwei Jahren, habe ich das machen müssen, und ich bin froh gewesen, dass ich als Kind so oft ins örtliche Zoogeschäft gegangen war und dort, dem Inhaber immer in einem Abstand von einigen Metern hinterherlaufend, gesehen hatte, wie er die Aquarien reinigte. Wie er hielt ich mir nun den Schlauch an den Mund und steckte das andere Ende ins Becken. Ich saugte, bekam einen Schwall Wasser zwischen die Zähne, riss mir das Gummirohr aus dem Mund, hielt es in den Eimer, in den das Wasser herablief, suchte kurz mit der Zunge nach Fischchen in meiner Mundhöhle und spie das Wasser in den Eimer. Mit der rechten Hand wühlte ich den Boden auf, rieb an den Muscheln und an dem Steinhäuschen, fuhr mit den Fingern über den Wurzeltrieb, der in der Mitte des Aquariums lag, hielt meinen Zeigefinger dem Wels hin, der sofort daran saugte, kaum spürbar. Dann holte ich frisches Wasser, nicht zu kalt, und liess es durch den Schlauch ins Aquarium reinlaufen. Danach beseitigte ich alle Spuren, trocknete den Eimer ab, versorgte den Schlauch, und weil ich gerade schon am Aufräumen war, sah ich mich in der Wohnung meiner Nachbarin ein wenig um.

Meine Nachbarin ist achtunddreissig Jahre alt, das weiss ich, weil sie mir vor kurzem sagte, noch zwei Jahre, dann fange sie an, sich Sorgen zu machen, und dabei hat sie gelacht und mit den braunen Augen hinter den dicken Brillengläsern gezwinkert, und als ich fragte, warum in zwei Jahren, hat sie gesagt, dann wärs vorbei mit der Jugend, endgültig, dann sei sie vierzig.

Katrin arbeitet als Sachbearbeiterin in einem Büro der Stadtverwaltung, Kinder hat sie keine und auch keinen Mann, doch manchmal kommt sie mit einem nach Hause, und ich höre sie dann: Katrins glucksendes Lachen, das von ganz unten aus dem Bauch zu kommen scheint, Katrins Kichern, ihre Stimme, höher als gewöhnlich, Katrins kleine, spitze Schreie und manchmal auch ein Stöhnen.

Drei Zimmer hat ihre Wohnung, wie meine, doch wo bei mir das Arbeitszimmer ist, hat Katrin einen Hobbyraum eingerichtet. Ihr Hobby sind Puppen: Sie sammelt sie, seit sie ein ganz kleines Mädchen war, hat sie mir mal gesagt und, vertrauensvoll die Stimme senkend, hinzugefügt: Dass die so schön sind, das hat mich immer begeistert. Die bunten Äuglein und diese winzigen Fingerchen, und alle haben sie so schöne lange Haare. Öffnet man die Tür zu ihrem Puppenraum, blicken Hunderte von makellosen Augenpaaren dem Eintretenden entgegen. In Regalen, die alle Wände bedecken, stehen und sitzen die Puppen, manche sind gestützt durch einen Metallständer in ihrem Rücken, andere können ohne Hilfe stehen, so hart sind ihre Körper. Man kann von einem Gesicht zum nächsten gehen, man kann die Puppen in die Hand nehmen und an ihnen riechen, und wenn sie aus Plastik sind, duften sie wie die Puppen, die man selbst hatte, man kann seine Nase in die Haare stecken, sich eine Strähne der blonden oder braunen Locken um den Finger wickeln, über die glatten Wangen streichen und sich erinnern. Man kann die Röckchen betasten, die feinen Spitzen an den Rändern, die weichen Stoffe aus Satin oder Baumwolle, man kann sie anheben und die Unterwäsche anschauen, manchmal ist sie weiss und strotzend von Rüschen, dann wieder ganz einfach, und manche Puppen tragen gar nichts unter ihren Kleidern. Es kommt vor, dass ich die Puppen, die wie echte Babys aussehen, auf den Arm nehme; ich lasse sie mit ihrem Rumpf gegen meine Schulter sinken, wiege sie ein bisschen beim Gehen, sage kleine Worte zu ihnen, klopfe sacht ihre Rücken. Dann lege ich sie wieder ins Regal, aber ganz vorsichtig, und rücke noch mal ihre Mützen zurecht.

Wenn ich wieder in meiner Wohnung bin, stelle ich mir vor, wie Katrin, übergewichtig, kurz vorm Verblühen, das sie dann und wann durch eine unwirkliche Nacht aufzuhalten sucht, durch ihr Zimmer streift, die Kleider ordnet, eine der Puppen auf den Arm nimmt, auf die Strasse hinabschaut, mit leicht schaukelndem Oberkörper versunken in ihr Puppenglück, und sagt: Alles wird gut.

Im Zug nach Deutschland blättere ich in einer Zeitschrift, aber ich kann mich nicht konzentrieren, weil neben mir eine alte Frau mit einem jungen Mädchen – ihrer Enkelin? – spricht, immer wieder höre ich die Frau, strenge mich sogar an, zu verstehen, was sie sagt, wenn ihre Stimme bedeutungsvoll leise wird und sie ihren Kopf zum Mädchen hin beugt. Ich muss etwa in deinem Alter gewesen sein, sagt sie und ihr grauer Pagenschnitt unterstreicht jede Kopfbewegung durch ein Wippen. Ihre Augen, klein und dunkel, liegen in einem Kreis von Falten, und ihre Hände haben braune Flecken, am linken Mittelfinger steckt ein silberner Ring in Form einer Rose. Doch damals war das ja alles noch ganz anders, sagt sie, gedurft hätten wir das nicht, die Nächte beieinander verbringen, aber natürlich haben wir trotzdem Wege gefunden –. Nun, und als ich ihn kennen lernte, da war ich neunzehn, also doch schon etwas älter, und da habe ich gleich gewusst, dass ers ist. So gut sah er aus, das kannst du dir jetzt vielleicht gar nicht mehr vorstellen, aber gross und stark war er, bei den Faustballern, erste Mannschaft, spielte er mit, und braune Haare hat er gehabt.

Das Mädchen nickt und lacht ein bisschen, doch, doch, sagt sie, kann ich mir schon vorstellen. Klein und schmächtig sitzt sie am Fenster, die Unterarme vor dem Bauch gekreuzt, die Hände unter den Achseln vergraben. Ihr schmales, von falben Locken umrahmtes Gesicht ist unauffällig, bis auf die Nase, ein römischer Bogen zwischen Stirn und Mund. Neben ihr auf dem kleinen Tischchen unterhalb des Fensters liegt ein aufgeschlagenes Buch, den Titel kann ich nicht erkennen, und eine Dose Cola steht da und ein Päckchen Taschentücher liegt daneben. Schaue ich aus dem Fenster, sehe ich bereits keine Berge mehr, und wieder einmal wundere ich mich, dass ich, sobald ich nach Deutschland komme, raus aus einem Idyll bin, das mir – entdecke ich es zufällig im Seitenspiegel meines Autos oder beim Gang über die Kornhausbrücke bei klarem Wetter – immer noch unwirklich wie eine Postkarte vorkommt.

Dass er seinem besten Freund damals nicht geholfen hat, als ihn die Gestapo holte, höre ich die Frau sagen, konnte er sich nie verzeihen. Barbara, hat er immer wieder zu mir gesagt, wenigstens warnen hätte ich ihn müssen. Aber wenn man ihn dann fragte, warum er es nicht gemacht hat, ja, warum er ihn nicht zumindest gewarnt hat, wenn er doch offenbar etwas gewusst hatte, da hat er immer nur gesagt, ging doch damals nicht, hätten die doch sofort gemerkt.

Die Frau hält einen Moment inne und schaut aus dem Fenster.

Dann aber, sagt sie, vor zwei Jahren nach seinem Herzinfarkt, als wir alle dachten, dass er es nicht schaffen würde, hat er mich im Krankenhaus zu sich rangewinkt, ganz nah musste ich mit meinem Ohr an seinen Mund, und da hat er dann geflüstert: Ich war immer neidisch auf ihn, Barbara, das wars. Darum, und nur darum, habe er seinen Freund verraten. Ja, so war das, und als er dann doch wieder gesund wurde, haben wir nie mehr drüber gesprochen.

Die Frau schweigt plötzlich, das Mädchen hat die Stirn in Falten gelegt, fast besorgt schaut es die alte Frau an – sicher ist sie seine Grossmutter, denn nun gräbt das Mädchen eine seiner Hände unter der Achsel hervor und legt sie der Frau auf den linken Arm. Die wendet den Kopf, sieht nicht mehr aus dem Fenster, aber auch das Mädchen sieht sie nicht direkt an, eher den Sitz aus rostrotem Kunstleder, und ihre Stimme klingt unsicher, als sie sagt, dass man deswegen jetzt nicht schlecht von ihm denken dürfe, vielleicht hätte sie es besser gar nicht erzählt, sie wisse auch nicht, warum sie es getan habe. Weisst du, niemand ist perfekt, sagt sie, natürlich, am Anfang war ich auch etwas erschrocken, aber er war damals ja noch so jung, und dann: Man kann sich ja auch ändern.

Der Zug fährt in einen Bahnhof ein, und langsam wird es dämmrig, ich senke die Zeitschrift, in der ich ohnehin kaum gelesen habe, nur zum Schein habe ich eine Seite nach der anderen umgeblättert.

Und im letzten Jahr baute er für Ada eine Hundehütte, höre ich die Frau sagen, während eine melancholische Stimme die Einfahrt in den Bahnhof ankündigt und die Umsteigemöglichkeiten und Anschlusszüge nennt, auf Deutsch, auf Französisch, auf Englisch. Alles hat er selbst gemacht, sagt die Frau, gesägt, genagelt, das Dach rot angemalt, sogar die Hausnummer hat er draufgepinselt, 77, so alt, wie er da gerade war.

18

Ich laufe im Dorf herum, eine neue Jacke an und in der Tasche die letzte Karte von Bruno, die ich noch vor der Abfahrt in meinem Briefkasten liegen hatte.

Seitdem wir uns verabredet haben, zählt Bruno die Tage, jeder einzelne wird vermerkt, sein Vergehen erwartungsvoll notiert.

Nur noch neun Tage sind es, bis ich dich sehe, schreibt er diesmal. Werden wir uns noch kennen? Wirst du mich erkennen? B.

Und ich glaube schon, dass ich ihn noch erkennen werde, wenn er vor mir steht, mit der gleichen Stimme und dem gleichen Lächeln und den gleichen hellen Augen wie bei unserem ersten Treffen.

Dass das Dorf sich in unserer Abwesenheit nicht verändert, dass es, nachdem es wurde, wie es ist, bleibt, wie es war, ist für den Heimkehrenden überraschend und doch sein Anspruch an die Heimat, die nur dadurch Heimat ist, dass sie die alte bleibt.

Trete ich aus unserer Wohnung im dritten Stock eines Mehrfamilienhauses, riecht der Hausflur immer noch, wie er roch, als ich früher zum Spielen ging: nach Putzmitteln und gekochtem Kohl und ein bisschen nach Maggi. Hatte ich eine Hose an, konnte ich von Etage zu Etage runterrutschen, die Hände um das schwarze Plastik des Geländers gespannt, warm werdend beim schnelleren Rutschen. Trug ich einen Rock, drohte die Innenseite der Beine zu verbrennen, zudem schob sich der Rock so hoch, dass man die Unterwäsche sehen konnte. Lieber ging ich dann sehr damenhaft die Treppe runter; manchmal hielt ich sogar mit beiden Händen die Seiten des Rocks, wie eine Prinzessin, als ob ich ihn anheben müsse, um unbeschadet von Stufe zu Stufe zu gelangen. Unten liess ich den Rock los, zog die schwere Glastür auf, drängte mich hinaus, und wenn ich Freunde von mir auf der Strasse sah, Rad fahrend, Gummi hüpfend oder vielleicht malten sie auch mit Kreide den Boden bunt, rannte ich dazu und hoffte, dass heute keiner der Jungen Grund fände, mich zu ärgern.

Dass das Dorf sich nicht verändert hat, stimmt nicht ganz. Neu ist das Schild der Metzgerei, das nun nicht mehr schwarze Schönschrift auf weissem Grund, sondern grüne und violette Blockbuchstaben auf hellgelbem Plastik zeigt. Neu ist das Tor zum Schulhof, auf dem die Kastanienbäume vor dem zweistöckigen Schulgebäude stehen, dessen Fenster, von Handarbeiten bunt, am Mittag die Sonne spiegeln. Neu sind die Kinder im Hof, die spielen, in mitgebrachte Pausenbrote beissen, sich zu zweit und zu dritt vom Pulk absondern. Auch die Umrandung des Brunnens auf dem Marktplatz ist neu, zumindest ist der weisse Stein gereinigt und sieht darum unversehrt aus. Neu ist der Name des Eiscafés ‹Venezia›, das früher ‹Domizil› hiess und wo ich sonntags Eisbecher ass, Spaghettieis, Bananensplit, Krokantbecher. Mit Schirmchen aus buntem Papier und glänzenden Büscheln versehen, nicht unähnlich den Pompons der Cheerleader, nur sehr viel kleiner.

Die Haare meiner Mutter sind durchzogen von grauen und weissen Strähnen, um die Augen herum zeichnen sich Krähenfüsse ab, nicht nur, wenn sie lacht, und die Haut über ihrer Oberlippe ist ziseliert, wie wenn sie stets ein bisschen pfeifen würde. Sie steht am Spülbecken in der Küche, taucht den Salat ins kalte Wasser, die Bewegungen ihrer Arme werfen Falten in den blauen Hosenanzug, der ihr, weit und leger geschnitten, von hinten ein jugendlich burschikoses Aussehen gibt.

Ich sitze auf einem der Holzstühle, die Hände auf der blanken Fläche des Tisches, und wenn ich den Rücken gegen die Lehne des Stuhles drücke, kann ich das Schnitzwerk fühlen. Am Vorabend, gegen acht Uhr, hatte meine Mutter mich am Bahnhof abgeholt. Kaum war ich aus dem Waggon gestiegen, Reisetasche und Handtasche über die rechte Schulter gehängt, mit einem Mal erschöpft von der langen Fahrt, hatte sie mich auch schon entdeckt; sie winkte von ferne, rief meinen Namen, und ich lächelte in ihre Richtung, hob selbst die Hand zum Gruss, stumme Bitte, meinen Namen nicht zu rufen, doch sie rief noch einmal, und gleich war ich wütend auf sie, wie sie da durch die Leute drängte, im Kampf um ein, zwei Minuten.

Ihr Blick war verstört, als sie mich umarmte, und mit ihrer rechten Hand tastete sie in der Umarmung über meinen Rücken, fuhr mit den Fingern unter den

Rand meiner gestreiften Wollmütze, hielt erschrocken inne und nahm Abstand, um in mein Gesicht blicken zu können. Ich zog die Mütze vom Kopf und schüttelte die braunen Locken, so dass sie durch die Luft flogen, bevor sie einem Helm ähnlich in die Stirn und knapp über die Ohren fielen. Meine Mutter atmete tief ein, eine Hand vor den geöffneten Mund gelegt.

Jeden Abend zwanzig Minuten; so lautete ihre Regel. Jeden Abend zwanzig Minuten die Haare ihrer Tochter bürsten, mit den Naturborsten immer wieder durch die Locken fahren, angesetzt über der Stirn, und dann die Bürste bis in die Spitzen ziehen, energisch, doch sanft, sobald sie auf einen Knoten stiess, den es mit spitzen Fingern zu entkletten galt. Waren die Haare frisch gebürstet, reichten sie bis zur Hüfte, zog ich einen Gürtel durch die Schlaufen meiner Hose, musste ich aufpassen, dass sich keine Haare darin verfingen.

Einmal im Sommer, bei einem Besuch der örtlichen Kiesgrube, die seit Jahren als Badesee genutzt wurde, legte meine Mutter mir die Haare in zwei dicken braunen Zöpfen rechts und links über Schulter und Brust, so dass von meinem neuen blauweissen Bikini nur noch das Höschen zu sehen war, alles andere verschwand unter einem Schwall von Haaren. Wie eine Madonna siehst du aus, hat meine Mutter gesagt und mich angelächelt, während sie mit dem Strohhalm aus der mitgebrachten Milchpackung trank. Mit aller Verachtung meiner fünfzehn Jahre habe ich gestöhnt und die Augen verdreht. Gehasst habe ich sie in dem Moment, und als ich mich hinlegte, um weiter in meiner Zeitschrift zu blättern, habe ich meine Haare nach hinten geworfen und sie mit einer Hand so fest zu einem Zopf gedreht, dass es schmerzte.

19

Heute Abend werden Tante Ellen und ihr Mann Thomas bei uns essen. Sie ist die jüngere Schwester meiner Mutter, Thomas ist ihr zweiter Mann, den sie heiratete, nachdem ihr erster Mann Klaus bei einem Autounfall ums Leben gekommen war.

Vor acht Jahren, am Ostersonntag, war Klaus zum Golfspielen gefahren: Auf dem Rücksitz fand man noch die Tasche mit Schlägern und Bällen, ausserdem die Schuhe, die er zum Golfspielen anzog: schwarzes Straussenleder, mit feinen pockenartigen Erhebungen übersät.

Beim Verlassen der letzten Ortschaft vor Gravenbruch hatte Klaus Gas gegeben, sein Blick muss wohl kurz auf das freie Feld rechter Hand gefallen sein, wahrscheinlich flogen Vögel auf; vom Autolärm erschreckt, verliessen sie die gepflügte Fläche, auf der sie gerade noch gepickt hatten, ein dunkler Schwarm.

Vielleicht hatte auch die Sonne geblendet – stand sie bereits im Zenit? –, die Sonnenblenden waren heruntergeklappt, möglich auch, dass Klaus nach einer Musikkassette gesucht hatte, den Blick abwechselnd auf die Strasse vor ihm und die Kassette in seiner Hand gerichtet, sicher war es schwer, den klein geschriebenen Titel zu erkennen, doch schliesslich hatte er die Kassette gefunden und eingeschoben und im nächsten Augenblick muss er dann gesehen haben, dass der entgegenkommende Mercedes, mitten in einem Überholmanöver, plötzlich so nah vor der gebogenen Nase seines Porsches war, dass nur noch ein Herumreissen des Steuers nach rechts Richtung Feld möglich war.

Der Mercedes rammte den Porsche auf der Fahrerseite, vielleicht hat Klaus, nachdem sein Auto zum Stehen gekommen war, noch drei, vier Minuten gelebt, auch wenn es im Unfallbericht hiess, er sei sofort tot gewesen. Dem anderen Fahrer war nichts passiert, auch sein Wagen hatte sich zwar mehrfach um die eigene Achse gedreht, doch kam es zu keiner weiteren Karambolage, da der überholte Lieferwagen zunächst weitergefahren war und kein weiteres Auto folgte.

Der Fahrer des Mercedes war ausgestiegen, sicherlich zitternd auf seinen gut fünfzigjährigen Beinen und den Schock ins Gesicht gemalt, er war zum Porsche gelaufen und hatte hineingeschaut, und laut Polizeibericht sah er vor allem Blut, alles muss rot gewesen sein, der helle Sommeranzug von Klaus, die Ledersitze, die Fussmatten, die Tür. Ob er Klaus aus dem Wagen ziehen sollte, habe er nicht gewusst, gab der Mann später der Polizei gegenüber an, er habe Angst gehabt, durch sein Handeln alles zu verschlimmern, gleichzeitig habe er sich aber auch gedacht, dass Klaus eigentlich nur tot sein konnte. Warum?, hat der Polizist ihn gefragt. Haben Sie denn den Puls gemessen?, und der Mann hat gesagt, nein, aber er erkenne einen Toten, wenn er ihn vor sich sehe.

Es war die Fahrerin des Lieferwagens, die Polizei und Ambulanz verständigt hatte und die den Unfallort markierte und den Puls von Klaus suchte, aber nicht mehr fand. Sie war es auch, die den Kassettenrekorder im Porsche ausschaltete. Unbeschadet vom Unfall sei die Musik weitergelaufen, fröhlich habe sie geklungen, hat mir die Frau erzählt, als wir auf dem Friedhof vor dem Krematorium standen und warteten. Sie war von kleiner Statur, höchstens einen Meter sechzig gross, ihre kräftigen braunen Haare reichten ihr bis auf die Schultern. Sie hatte jedem die Hand gegeben und ihr Beileid geäussert, gesenkten Blicks, und Ellen hatte ihr gedankt. Der Unfallverursacher war nicht gekommen; ich habe mich umgeschaut, an den bemoosten, ehemals weissen Statuen, den schwarzen Granitkreuzen, den polierten Grabplatten vorbei, ob er zwischen den Bäumen und Büschen stünde, um uns von ferne zu beobachten, aber ich konnte niemanden entdecken, der herüberspähte.

Ich hätte gerne gewusst, welche Musik Klaus in seinen letzten Minuten gehört hatte, aber die Frau legte schon bei der blossen Erinnerung an den Unfall eine Hand an die Stirn, wie um sich zu stützen, und so fragte ich nicht. Während der ganzen anschliessenden Trauerfeier musste ich aber immer wieder daran denken, und als der Holzsarg vor unseren Augen verschwand – über ein Hebewerk herabgelassen ins Kellergeschoss des Krematoriums, wo er in einen der Öfen einfahren würde, ein kleiner, zuckelnder Waggon auf schmalen Schienen –, hoffte ich, dass es eine leichtsinnige Musik gewesen war, ein trotzig frohes Aufbegehren, wie ein Übermass an Glück.

Vier Jahre später heiratete Ellen Thomas und alle freuten sich, nur ich konnte es nicht verstehen. Thomas ist neununddreissig Jahre alt, damit fünf Jahre jünger als Ellen. Durch seine goldgeränderten Brillengläser schaut er mit altklugen Augen in die Welt. Bereits als Kind waren, da bin ich sicher, seine Lippen zusammengekniffen und sein Kopf nach oben gereckt, damit ihm nichts entginge, und in der Schule hatte er gewiss immer, wenn er etwas wusste, den Arm in die Höhe gerissen, fiepend wie ein junger Hund, möglich auch, dass er sich schnell angewöhnt hatte, sein Wissen ungefragt hinauszurufen.

Thomas weiss auch heute alles besser. Das Essen ist gut, sagt er, und wie er das sagt: als Feststellung, nicht als Kompliment. Seine Hände ruhen auf dem Tisch, wenn er Messer und Gabel auf den Tellerrand legt, um Fleischbrocken und Gemüse gebührend sorgsam zu kauen. Er nimmt das Weinglas in die Hand, schnuppert am Rand des Glases, zieht den Geruch ein, kostet einen Schluck, den er im Mund kreisen lässt, schliesst für einen Moment die Augen, schluckt und nennt den Jahrgang, ein schöner Jahrgang, durchaus, und dabei hat er zuvor auf das Etikett geschaut, ich habe es gesehen, in der Küche, als er die passenden Weingläser suchte.

Thomas bemüht sich um Väterlichkeit mir gegenüber. Wie es so läuft, fragt er in jugendlichem Jargon, was macht die Kunst?, setzt er nach, und natürlich die Liebe? Ich schaue auf meinen Teller und stochere im Rosenkohl, und bei dir?, frage ich zurück. Thomas versteht die Provokation und lacht, nimmt Ellens Hand in die seine und sagt, alles beim Alten, wobei er das letzte Wort so betont, dass die Beleidigung deutlich herauszuhören ist. Ellen ist nachsichtig. Lass sie doch, meint sie zu Thomas. Thomas spiesst ein Fleischstückchen auf, kaut es rechthaberisch, spült mit einem kräftigen Schluck Wein nach, lächelt in sich hinein. Und Paul, wie gehts ihm?, fragt er, ich habe gehört, ihr seid getrennt. Für immer oder nur vorübergehend? Thomas, sagt meine Mutter eindringlich. Fragen könne man doch, meint Thomas. Man schon, du aber nicht, sage ich, nehme einen letzten Bissen Fleisch, trinke meinen Wein in einem Zug aus, sage förmlich, ihr entschuldigt mich, und gehe aus dem Esszimmer.

Im Flur halte ich kurz inne, lausche und höre meine Mutter sagen, dass man mich noch nicht darauf ansprechen solle, es gehe mir noch zu nahe. Ellen fragt, warum um alles in der Welt ich meine Haare abgeschnitten habe, und ich höre meine Mutter sagen, lass mal, ist doch oft so, Frauen gehen zum Friseur, wenn ein Lebenswechsel ansteht, wächst ja auch wieder nach. Aber nicht mehr so lang und dick, sagt Thomas. Mit zunehmendem Alter verlieren die Haare an Glanz und Elastizität. Und dann ist es still im Esszimmer.

20

Jürgen Kamenzid ist neunundvierzig Jahre alt und Lehrer am örtlichen Gymnasium. Geboren in der nächsten Grossstadt, hat es ihn nur während seiner Studienjahre einmal in die Ferne getrieben, nach Paris, an die Sorbonne, wie er stets betont. Da hat er in der Nähe der Universität gewohnt, im pittoresk verwahrlosten Viertel der Pariser Bohème, zu einer Zeit, als die freie Liebe entdeckt wurde.

Auch Jürgen hat sie entdeckt, mit einer bubiköpfigen Französin, Chantal, die nach der Liebe stets eine Zigarette verlangte, obwohl sie sonst nicht rauchte, und die ihm wie dem französischen ‹film noir› entstiegen schien: feingliedrig, mit knabenhaften Hüften und blondem Kurzhaar, das auf dem Hinterkopf in einem kleinen Wirbel gipfelte.

Dass Chantal ihn an ihre Freundin Marguerite weitergab, verletzte Jürgen anscheinend allen antibourgeoisen Überzeugungen zum Trotz. Aus dem geplanten Betrug an Chantal, den diese durch ihre Affären mit grauhaarigen Malern, denen sie Modell stand, und jungen, erfolglosen Autoren, in deren kurzsichtigen Augen sie zur Muse reifte, durchaus verdient hatte, wurde so unversehens ein Handeln, das durchaus im Einklang mit Chantals Absichten stand: Offenbar wollte sie ihn versorgt wissen, um sich der Verantwortung für ihren mit deutscher Gründlichkeit liebenden Freund zu entledigen. Jürgen verkroch sich in seinem Pariser Zimmerchen, kochte sich tagelang nur grünen Tee, rauchte jeden Abend zwei Päckchen blaue Gauloises und beschloss nach einer Woche, sich nur noch – wenn überhaupt – ernsthaft zu verlieben. Nach einem Jahr trat Jürgen die Rückkehr nach Deutschland an, an seiner Hand Anna, schwarzhaarig, schmal und von römischen Eltern in der französischen Provinz geboren, Anna, die drei Monate später seine Frau und nach sieben Monaten Ehe bereits die Mutter seines ersten Kindes Tonio wurde.

Jürgen Kamenzid wurde Lehrer am Gymnasium in R., wo ich ihn als Klassenlehrer bekam. Vielleicht mochte ich ihn, weil er Deutsch und Französisch unterrichtete und dies meine Lieblingsfächer waren, vielleicht war es auch, weil er mir gefiel, wie er da vorne stand: in Jeans und Hemd, unter dem stets ein T-Shirt herausschaute, an den Füssen klobige Lederschuhe, am rechten Ringfinger ein silberner Ehering mit indianischen Gravuren. Vielleicht hat mir auch einfach sein Gesicht gefallen, das ihn immer jünger aussehen liess, als er eigentlich war: zierlich die Nase, klar und hell die Augen, bartlos Kinn und Oberlippe. Im rechten Ohr trug Jürgen einen kleinen Ohrring, an dem er manchmal drehte, wenn er überlegte oder wenn ihm etwas unangenehm war.

Einmal war Michael, ein Mitschüler von mir, nach dem Unterricht mit seinem Freund Andreas zu Jürgens Schreibtisch gegangen, während ich ganz langsam meine Sachen einpackte. Mein Tisch stand dem Lehrerpult direkt gegenüber. Ich wollte Sie einmal etwas fragen, fing Michael an und deutete auf Jürgens rechtes Ohr, warum tragen Sie den Ohrring rechts, ich meine, wissen Sie denn nicht, was das bedeutet, Herr Kamenzid? Noch während Michael fragte, senkte Andreas verlegen den Kopf und man konnte ihn leise kichern hören. Jürgen lächelte. Doch, doch, sagte er, ich weiss natürlich schon, was das bedeutet, aber schwul bin ich nicht. Das Ohrloch habe ich mir selbst gestochen. Jürgen drehte an seinem Ohrring. Ich war zwölf und wollte ein Mädchen beeindrucken, erzählte er, also erwärmte ich im Badezimmer eine Stecknadel und steckte sie mir durchs Ohrläppchen, eher zufällig durchs rechte, und das alles, während sie nebenan in meinem Kinderzimmer sass und darauf wartete, dass ich uns etwas zu trinken holte. Und, habe ich gefragt, war sie beeindruckt? Jürgen hat zu mir rübergeschaut, sein Blick war verwundert, vielleicht hatte er nicht bemerkt, dass ich dem Gespräch gefolgt war. Langsam schüttelte er den Kopf, nein, sagte er, mir wurde schlecht, als ich den Blutstropfen sah, es schmerzte schrecklich und ich musste mich für eine ganze Zeit auf den Badewannenrand setzen und kam am Ende mit einer Stecknadel im rechten Ohr aus dem Badezimmer. Nein, jetzt lachte Jürgen mich an, das hat sie, glaube ich, nicht sehr beeindruckt.

Als wir das erste Mal einen Abend zusammen verbrachten, war ich gerade siebzehn geworden. Jürgen hatte meine Klasse zu einer Theateraufführung eingeladen, im Bus fuhr man nach Frankfurt, nur drei von uns – darunter ich – hatten noch Platz in Jürgens Wagen. Nach der Vorstellung sassen wir im ‹Künstlerkeller› und sprachen über die Vorführung. Alle waren wir ausgelassen: unser erster gemeinsamer Abend, wir, fast erwachsen, und Jürgen, der das sah und uns auch so behandelte. Noch zwei Jahre bis zum Abitur, dann würde das Leben beginnen, und es würde alles möglich sein, sogar das Grosse.

Auf dem Heimweg setzte Jürgen erst die beiden anderen ab. Bis vor die Haustüre fuhr er die Mädchen, wartete jeweils, bis sie im Eingang verschwunden waren, dann fuhr er zu mir, doch als wir ankamen, mochte ich noch nicht gehen und auch er wollte nicht nach Hause. Fahren wir noch ein bisschen?, fragte Jürgen und ich nickte. Wir fuhren noch eine Stunde kreuz und quer und nie schien mir die nächtliche Umgebung so hell wie in dieser Nacht, und als wir am Waldrand ausstiegen, um die Sterne zu sehen, war die Luft lau.

Immer konnte Jürgen sich darauf verlassen, dass ich schweigen würde. Doch wenn wir uns eine Stunde am Nachmittag erschlichen hatten, eine Stunde, die wir in seinem Haus verbrachten, die Vorhänge im Schlafzimmer zugezogen, um den Eindruck von nächtlicher Intimität zu erzeugen, wenn wir nebeneinander lagen, erschöpft beide, mit aufgerauten Lippen, spürte ich die Macht, die ich über ihn hatte. Ein einziges Wort von mir würde genügen, ihn zu vernichten, dachte ich manchmal, und dann forderte ich Liebesbeweise von meinem alten Geliebten, den ich, Lolita, nur Hum nannte.

Würdest du dir für mich auch ein Ohrloch stechen?, habe ich Jürgen einmal gefragt, draussen fing es bereits an, dunkel zu werden, die Geräusche der Strasse drangen als gleichmässiger Klangteppich zu uns herauf. Meinen Kopf hatte ich in meine Hand gelegt, den Ellbogen auf dem Kopfkissen abgestützt, Jürgen lag neben mir auf dem Bauch, die Bettdecke bis zu den Knien hinuntergetreten, weil es so heiss war. Erstaunt schaute er mich an: Hättest du das denn gerne? Ich habe genickt. Im Ernst?, hat er gefragt, und ich habe gesagt: Ja, wirklich, ich wünsche es mir schon lange, obwohl ich bis zu diesem Nachmittag noch nie daran gedacht hatte, aber nun fand ich die Aussicht verlockend, dass Jürgen sich für mich ein Ohrloch stechen würde. Mich würde es beeindrucken, sagte ich, sehr sogar. Jürgen sah mir nachdenklich ins Gesicht, mit seiner rechten Hand strich er mir die Haare aus der Stirn. Okay, sagte er und stand auf. Ich hörte ihn in der Küche rumoren, wahrscheinlich suchte er eine Stecknadel, dann lief im Badezimmer das Wasser, die Tür des Badezimmerschränkchens wurde geöffnet und etwas herausgeholt, ein Feuerzeug klickte, dann war es still. Ich lag im Bett und bewegte mich nicht. Nach ein paar Minuten kam Jürgen aus dem Badezimmer, sein linkes Ohr war ungesund gerötet, ein kleiner Ohrring steckte im geschwollenen Ohrläppchen. Du hast es wirklich getan, habe ich gerufen, und Jürgen hat gesagt, ja, aber jetzt ist mir ziemlich flau. Ich habe Jürgen neben mich gebettet, ganz nah habe ich mich zu seinem linken Ohr gebeugt und es angepustet, dann habe ich seinen Hals geküsst, die Wangen, die Schultern, die Brust, die Beckenknochen, die

Oberschenkel herab, bis in die haarlosen Kniekehlen hinein, wie eine Katze ihr Junges habe ich ihn geleckt, und als ich ihn in meinen Mund nahm, konnte ich ihn stöhnen hören und ich dachte, dass er nun sicherlich keine Schmerzen mehr habe.

Als mein Studium begann, verliess ich Jürgen. Er meinte, er habe bereits gewusst, dass es so käme, als wir das letzte Mal zusammen schliefen. Aber gehofft habe er immer, es würde anders enden. Wie, sagte er jedoch nicht.

Hum, mein lieber, alter Hum. Wie viele Geliebte er wohl in den letzten acht Jahren hatte? Ob Anna je etwas gemerkt hatte? Ob sie nun etwas merken würde, davon, wie wir beide hier liegen, auf seinem Bett, das er sonst mit Anna teilt, mit Anna, die im Moment in einer Apotheke in Frankfurt steht, wo sie Rezepte entgegennimmt und Tabletten, Salben und Hustensaft über die Theke reicht?

Jürgens Rücken ist braun, Sommersprossen bedecken die Schultern, auf seiner Brust sind graue Haare, die in einem schmalen Streifen bis unter den Bauchnabel laufen, der Nabel selbst ist ein tiefes Loch nach innen. Jürgen riecht genau wie vor acht Jahren. Er schmeckt auch noch genau so. Ich aber, so meint er, habe mich verändert. Und dann werde ich zum zweiten Mal heute nach meinem Liebesleben befragt, aber diesmal will ich antworten. Ich erzähle von Paul und ich erzähle von Sandra, und besser als ich selbst versteht Jürgen mich, und darum sagt er: Erzähl mir mehr von Sandra.

21

Nach dem Abend im ‹Café du Théâtre› wurde Sandra zunehmend verbissen. Sie stürzte sich in die Arbeit, war sie nicht im Theater, las sie Fachliteratur, las sie nicht, sah sie im Fernsehen Theateraufzeichnungen an. Wenn ich sie besuchte, sprachen wir vorwiegend über das Theater, über Inszenierungen, Modernisierungsmöglichkeiten, über richtige und falsche Theaterarbeit. Über Paul sprachen wir kaum noch.

Meine Erklärung hatte Sandra akzeptiert. Dass sie es nett fände, wie Paul sich meiner annähme, sagte sie, und ich musste ein paar Mal schlucken, um ihre Herablassung zu verdauen. Sandra kauerte vor mir auf ihrem roten Ledersessel, die Arme um die Beine geschlungen, das Gesicht einige Zentimeter nach hinten gelehnt. Ihr Blick ging durch das Fenster, ihre Augen verfolgten irgendwas da draussen, ich konnte sehen, wie die grün geränderten Pupillen im Weiss hin- und herschwammen, und ich versuchte mir vorzustellen, wie weich sich die Haut unter ihren Augen anfühlen würde und in der kleinen Mulde oberhalb ihres Schlüsselbeins. Nachdenklich legte Sandra ihre Stirn in Falten. Weisst du, Inga, er kann gar nicht anders, er muss helfen, den anderen, denen, die weniger wissen als er, die erst am Anfang stehen, wie wir beide. Mit leicht zusammengekniffenen Augen musterte sie mich. Ich nickte und sie lächelte ein wenig. Es war dumm, dass ich erst dachte, da könnte mehr sein, sagte sie und stiess Luft durch die Lippen, als wolle sie das Lachhafte ihres Irrtums betonen. Ich meine, davon abgesehen bist du ja auch gar nicht sein Typ. Er mag eher so, na ja, etwas erotischere Frauen, Vollblutfrauen irgendwie. Sandra war nicht feige, sie schaute mich nach diesem Satz direkt an, wartete, wie ich reagieren würde, ob ich beleidigt, verletzt, wütend sein oder die Spitze ihrer Aussage vielleicht gar nicht verstehen würde.

Möchtest du auch noch eine Tasse Tee?, fragte ich und griff bereits zur Kanne, packte den mit Bast umwickelten Griff und goss mir und, nachdem sie genickt hatte, auch ihr von dem grün gefärbten Wasser ein. Schweigend nippte ich am Tee. Sandra reichte mir den Keksteller, ich nahm einen Zimtstern und fing an, seine Zacken abzubeissen, so dass am Ende nur ein kreisrunder Taler, der Kern des Sterns, zurückblieb.

Es war Ende November. Wir redeten über das bevorstehende Silvesterfest und ich sagte, am liebsten würde ich zu Hause bleiben, alleine, Decke über den Kopf und mit mir ein Liebesroman, und um Mitternacht dann ein kurzer Blick aus dem Fenster, ein Schritt auf den Balkon, dessen Betonboden eiskalt sein würde, und vielleicht sähe ich ein Stockwerk unter mir die Nachbarn, er im Bademantel, sie in einer Art Morgenrock, wie sie, obwohl das verboten ist, von ihrem Balkon aus eine Rakete zünden, begleitet vom aufgeregten Gebell ihres Pudels, der von innen gegen die Scheibe springen würde.

Zwei Tage nach diesem Gespräch, acht Tage nach dem Abend im ‹Café du Théâtre›, rief Paul mich an. Es hatte angefangen zu schneien an diesem Nachmittag, gerade als ich vom Auto zum Haus lief, den Arm voller Tüten mit Esswaren. Im Garten war ich ein paar Minuten stehen geblieben. Der Schnee war auf mich herabgefallen und dort blieb er liegen, glitzernd, bis ich in meiner Wohnung vor dem Spiegel stand. Ich hatte die Jacke ausgezogen, die Schuhe aufgemacht, meine Haare mit einem Handtuch trocken gerieben. Ich hatte Wasser aufgesetzt, die Post durchgeschaut. Ich hatte die Tüten ausgeräumt, der Katze eine Pastete serviert. Ich hatte den Computer angemacht, und dann klingelte das Telefon. Paul sagte: Ich bin es. Ich sagte hallo und klang gar nicht überrascht, wie mir Paul später erzählte. Es gehe um ein Detail seiner neuen Aufführung, das er gerne mit mir besprechen wolle. Warum denn mit mir?, unterbrach ich ihn. Warum nicht? Immerhin studierst du doch Theaterwissenschaften, da sollte man meinen, es würde dich auch irgendwie interessieren, oder? Ich sagte ja, und na ja, wann denn, und er fragte: Wie wärs, wenn ich nachher auf einen Sprung vorbeikomme? Und als ich ihm den Weg erklären wollte, kannte er ihn schon und sagte nur noch: Bis gleich.

Als er dann kam, hielt er in der einen Hand eine Flasche Wein und in der anderen einen Bambuswedel. Aus einem Garten unterwegs geklaut, sagte er, eine Rose konnte ich nicht finden. Ich nahm den Wedel und stellte ihn zu den bereits verblühten Gladiolen in die gläserne Bodenvase, aber zuvor hatte ich noch ganz kurz mit dem gelblichen nassen Büschel seine Wange berührt, zum Dank. Paul öffnete den Wein, ich holte die Gläser und suchte im Küchenschrank nach Erdnüssen, und wir setzten uns ins Wohnzimmer an den grossen Esstisch, weil er ja ein theatertechnisches Problem mit mir erörtern müsse, wie ich es formulierte, dabei wusste ich da schon, dass er nicht deswegen gekommen war. Die Gläser klirrten kaum, als wir anstiessen, dafür waren sie zu billig gewesen, nur vier Franken hatten sechs von ihnen gekostet, aber der Rotwein schmeckte trotzdem, wenn auch vielleicht ein bisschen weniger gut als aus teuren Gläsern. Ich machte extra keine Musik an.

Immerhin hatte Paul das Theaterstück dabei, eine Strichfassung der ‹Penthesilea› von Kleist, die als Ein-Personen-Stück aufgeführt werden sollte, und was er von mir wissen wollte, war, ob das Gespräch zwischen

Odysseus, Antilochus und Diomedes von der Schauspielerin zusammenfassend wiedergegeben werden sollte – sie als Erzählerin, die von der Unterhaltung gehört oder die sie göttergleich beobachtet hatte – oder ob man es ihr und den Zuschauern zumuten könne, wenn sie alle drei Rollen übernehmen würde, natürlich mit der entsprechenden Gestik und Mimik: Diomedes, fassungslos angesichts der rasenden Unvernunft der Amazonen, Antilochus, mit wenigen, aber gut überlegten Worten das Geschehen lenkend, Odysseus, listenreich die Hände reibend.

Wenn die Schauspielerin wirklich gut ist, fing ich an – ist sie, unterbrach Paul –, dann ja. Und eigentlich war damit alles gesagt, und wir setzten uns aufs Sofa, Paul rechts, ich links, die Beine auf dem Korbschemel, und Paul erzählte vom Theater und wie die Arbeit dort laufe, er erzählte vom Regieassistenten und dem Ensemble, vom Intendanten und der Geschäftsleitung, von der Requisiteurin und schliesslich vom Beleuchter, nur von Sandra sagte er kein Wort, und immer wenn ich versuchte, das Gespräch in diese Richtung zu lenken, wich er aus, und eigentlich war ich froh darüber.

Um sieben Uhr war Paul gekommen und um halb vier sass er immer noch auf meinem Sofa. Die Flasche Wein war mittlerweile leer, und ich hatte nur noch eine Flasche spanischen Portwein übrig. Wir tranken Schlückchen für Schlückchen, obwohl Paul gesagt hatte, er möge keinen Portwein, und obwohl ich eigentlich auch keinen mag, aber es war so hübsch, den dunklen, schweren, süssen Wein zu trinken, und um kurz nach sechs war die Flasche leer und wir rauchten unsere letzte Zigarette, wie einen Joint gaben wir sie hin und her. Ich sagte: Das ist die letzte, und Paul ergänzte: Für immer, und wir lachten beide, weil man das schon so oft gesagt hatte: dass es die letzte sei und für immer. Draussen war es noch dunkel, aber um halb sieben, als wir den Kaffee tranken, wurde es langsam hell. Zögerlich rötete sich der Himmel und das orange Blinken der Ampel, das sich in der nassen Strasse seit ein Uhr gespiegelt hatte, hörte auf, und es gab wieder drei Farben auf dieser Welt: rot, gelb und grün.

Und dann schwarz: die Regenschirme der Frühaufsteher.

Dunkelgrün: die städtischen Busse.

Als Paul ging, gab es ausserdem eine dünne Schicht hellstes Weiss auf den Dächern und einen weiten, weissen Himmel.

Ich hätte Sandra von dem Abend, der zur Nacht geworden war, erzählen können. Es war ja nichts gewesen. Paul hatte nicht einmal meine Hand genommen; nur beim Sprechen hatte er manchmal zur Bekräftigung einer Aussage seine Hand auf mein Bein gelegt, mich gepackt, ein klein wenig geschüttelt. Einmal hatte er ausserdem seinen Arm auf die Rückenlehne des Sofas gelegt, aber der Abstand zu meinem Nacken war gross gewesen. Wir sassen ziemlich nah beieinander; meine rechte Schulter berührte seine linke. Als er mich einmal neckte, war ich ihm mit einer Hand durchs Haar gefahren, ein Strubbeln wars, kein Streicheln.

Und trotzdem sagte ich Sandra am nächsten Tag beim Abendessen im Restaurant nur, dass Paul auf einen Sprung vorbeigekommen war – so war es ja auch geplant gewesen –, weil er mit mir eine Frage wegen der neuen Inszenierung besprechen wollte, und Sandra hielt im Kauen inne, überlegte, nickte einmal, zweimal, dreimal und sagte: Hab ich dirs nicht gesagt, der will dir echt eine Chance geben. Aber so richtig überzeugt klang sie nicht, obwohl ich eifrig zustimmte. Worüber habt ihr denn sonst noch geredet?, fragte Sandra. Ich sagte: Übers Theater und sonst so ein bisschen. Was ‹sonst so ein bisschen›? Na ja, ich überlegte, zog mit meiner Gabel einen Kreis ins Risotto, über seine Zeit in Deutschland, sein Studium, mein Studium und so. Wie lange blieb er denn? Hattest du etwa was gekocht?, fragte Sandra und es klang so, als würde sie den Umstand, dass ich für Paul etwas gekocht haben könnte, als Anmassung empfinden. Nein, gekocht hätte ich nichts, sagte ich, und dass er nicht lang geblieben sei. Sandra ass weiter. Ich auch.

Nachher wollte sie keinen Nachtisch, keinen Espresso und auch keinen Grappa, den sie sich sonst doch nie entgehen liess. Sie sprach kaum noch, und ich musste fast alleine die Unterhaltung bestreiten. Ich redete von gemeinsamen Bekannten und gab mir grosse Mühe, witzig zu sein, doch Sandra lächelte nur manchmal und stellte keine Fragen. Ich bin müde und fühl mich nicht so gut, können wir dann mal gehen, Inga?, fragte sie schliesslich, und ich sagte, ja, klar, und wir bezahlten und verliessen das Lokal. Im Bus sah ich Sandra von der Seite an, sie schaute geradeaus und aus dem Fenster, aber nicht zu mir. Zwei Stationen vor ihrer Haltestelle fragte ich sie, ob was sei. Sie schüttelte den Kopf und fuhr sich über die Augen. Wegen Paul?, fragte ich. Und sie versuchte zu lachen und fragte, ob ich etwa allen Ernstes denke, dass sie sich wegen mir ängstige, und sie stand ruckartig auf, sagte tschüss und wartete vor der Tür auf ihre Station, die erst nach schrecklich langer Zeit zu kommen schien. Dann sprang sie aus dem Bus, ohne sich noch einmal umzuschauen und ohne mir zu winken.

22

Fünf Tage Urlaub zu Hause sind genug. Ich habe meine Mutter gesehen, meine Tante und deren Mann, Jürgen, die Nachbarn. Dann habe ich meinen Vater kurz angerufen, ihm gehts gut. Im Hintergrund konnte ich eine Stimme hören, die vor sich hin sang, leise, ziellos, als würde der Singende gut gelaunt Hausarbeiten verrichten. Die Stimme wurde aber bald leiser, weil mein Vater sich mitsamt dem Telefon in einen anderen Raum begeben und hinter sich die Türe geschlossen hatte.

Für Nelly habe ich eine Postkarte mit einem Bild von R. auf der Vorderseite gekauft. Im Eiscafé sitzend, schrieb ich, dass ich zu Hause sei, alles sei wie immer, sogar das Nusseis schmecke noch wie früher, aber ich würde oft an sie denken und hoffen, dass bei ihr alles in Ordnung sei. Am Bahnhof, kurz vor der Abfahrt meines Zuges, habe ich die Karte eingeworfen.

In drei Tagen wird Bruno kommen. Wenn ich an ihn denke, werde ich ganz aufgeregt. Auf dem Weg zu meiner Wohnung schaue ich in die Schaufenster und gehe im Kopf durch, was ich bis zu Brunos Besuch noch kaufen muss. Ein neues Kleid, neue Gläser. Einen Napf für die Katze und ausserdem bekommt sie auch ein neues Halsband, diesmal ein schöneres als das grüne Lederband, vielleicht eins aus silbernem Metall.

Vier Anrufe sind auf meinem Anrufbeantworter: Nelly, die wissen möchte, wie es mir geht, Susanne, einfach nur so, Marc, ein ehemaliger Kommilitone, mit einer leicht nasalen Färbung in der Stimme. Ausserdem ein Anruf von Patrick: Er hat in einer Woche, am Freitag, ein Konzert im ‹Landhaus›, seine Band springt ein für ein französisches Jazztrio, falscher Stolz lohnt nicht, sagt Patricks Stimme auf meinem Band.

Katrin streichelt die Katze. Über der Nase fängt sie an, die Ohren werden beim Streicheln nach hinten geknickt, bloss um, kaum ist Katrins Hand weitergefahren, wieder emporzuschnellen. Die Katze schnurrt. Sie stemmt den Steiss nach oben, tänzelt von rechts nach links. Katrin lacht und macht Geräusche des Wohlgefallens; so gut ist das, so gut, sagt sie und stöhnt dabei ein bisschen. Ihre Tierliebe hat etwas Orgiastisches. Ausserdem ist die Katze immer rund ein Pfund schwerer, wenn sie bei ihr war.

Für Katrin habe ich eine kleine Puppe mitgebracht: Sie ist weiss wie eine Eierschale, hat blaue, weit aufgerissene Augen und zwei blonde schwere Flechtezöpfe. Droste-Hülshoff habe ich sie genannt. Ihr Kleid ist blauweiss gestreift, und eine dunkelblaue Samtschleife bindet den Kragen zusammen. Ihre Schuhe sind aus schwarzem Leder und haben je ein Riemchen, das über den Rist läuft. Die Socken sind weiss und mit Stickereien verziert.

Katrin freut sich, sie nimmt die Puppe in beide Hände und hält sich das kleine Larvengesicht ganz nah vor die Brille. Ich trinke den Kaffee aus, nehme die Katze auf den Arm und verabschiede mich. Katrin versucht nicht, mich aufzuhalten. Sie erwartet noch Besuch, einen jungen Mann aus ihrem Tanzverein, neu hinzugekommen, ohne Partnerin, und alle seien ganz begeistert gewesen; einzelne Männer bräuchte es immer im Tanzverein. Es gebe mehr tanzwillige Frauen, sagt Katrin, und manchmal müssten die dann zusammen tanzen. Besonders die älteren, die nicht mehr so schnell aufgefordert würden, die nähmen sich dann an die Hände, die eine führe die andere galant auf die Tanzfläche, diejenige übernehme dann auch die Herrenschritte, und so mache es fast genauso viel Spass wie mit einem richtigen Mann. Nur die Wangen lege man nicht aneinander, auch nicht bei den Tänzen, bei denen man das dürfte.

Doch Robert, der Neue, sei ganz allein in den Tanzunterricht gekommen. Und bereits beim ersten langsamen Walzer habe er Katrin erzählt, dass er gerade geschieden worden sei und dass er mit seiner Frau immer Tanzunterricht genommen habe, und sie, Katrin, habe daraufhin gesagt, das merkt man, und gelobt, wie gut er tanzen könne. Im Seitwärtsschritt habe er daraufhin eine kleine, schiefe Verbeugung gemacht und Katrin habe sich gefühlt, sagt sie, wie in einem Sissi-Film.

Das Schlimme ist, dass mir Katrins Bemerkung nicht mehr aus dem Kopf geht. Am Abend, auf dem Sofa, mag ich nicht lesen; das Buch liegt auf meiner Brust, mit einer Hand halte ich es fest, doch ich denke immer nur daran, wie Katrin mit Robert tanzt: Wie Sissi mit ihrem Kaiser, und vor lauter Glück hat sie die Lider gesenkt, doch wenn sie ihm ins Gesicht schaut, von unten herauf, hat sie Sternenaugen. Dabei dreht sich alles um sie rum, und am Ende weiss sie nicht, ob ihr vor Glück oder vom Tanz schwindelig ist. Und ich liege hier und fühle mich derart verloren und stäubchenhaft, dass ich den Fernseher anschalte. Um Stimmen zu hören. Und vielleicht küssen sich ja sogar zwei.

23

Heute. Heute Abend wird Bruno bei mir sein. Ich werde Langusten auf Feldsalat betten. Ich werde Spaghettini unter Muscheln und Krabben rühren. Ich werde eine Mousse au chocolat machen, die ich mit bedächtigen Löffelschüben in zwei Schälchen verteilen werde. Ich werde langsam essen, den Löffel im Mund herumdrehen, ihn jedes Mal sauber lecken, bis er glänzt, ihn wie abwesend eine Spur zu lang im Mund behalten, dabei Bruno zuhören, und bald schon wird er nicht mehr konzentriert erzählen können. Ich werde essen und Bruno dabei verführen.

Wenn er ankommt, werde ich ihm winken. Kaum dass ich ihn entdecke, winke ich, winke immer wieder, bis ich dann dicht vor ihm stehe. Nicht anfassen. Oder: Ich reiche ihm die Hand. Wie immer wird sie ein bisschen kalt sein, jetzt vielleicht sogar noch mehr. Oder: Ich küsse ihn auf beide Wangen und er mich, die Hände lege ich dabei auf seine Oberarme. Vielleicht sollte ich lieber nur eine Begrüssung hauchen, die Augen suchen den Boden ab, so scheu bin ich, ich sehe seine dunkelbraunen Lederschuhe, und er streicht mit einem Finger über meine Wange, so dass ich ihn dann doch anblicke, vorsichtig.

Um fünf nach acht stehe ich am Gleis und warte. Schweizer Züge kommen pünktlich. Erst steigt ein Mann mit Reisetasche aus, um die vierzig, Brille, kurze braune Haare, in die Stirn gekämmt, eine spitze Nase, die zu wittern scheint. Als ich schon überlege, ob ich mich so getäuscht haben kann, kommt Bruno, und ich bin froh, dass ich ausgerechnet auf ihn warte. Er geht auf mich zu, dann bleibt er stehen, lächelnd und abwartend, und ich sage hallo und reiche ihm die Hand und er schaut verblüfft darauf nieder, nur einen Moment, schüttelt sie dann kräftig und kurz und sagt auch hallo.

Die erste Hälfte der Strassenbahnfahrt bis zu meiner Wohnung bestreiten wir mit einem Gespräch über Brunos Reise von Basel nach Bern. Bruno sagt, dass es eine bequeme Fahrt war, nur habe ihn die kinderreiche italienische Familie, die ab Olten in seinem Abteil sass, so sehr beim Lesen gestört, dass er den Rest der Zeit im Speisewagen verbracht habe, mit einem Kaffee und einem kleinen Stück Rüeblitorte.

Während der zweiten Hälfte der Fahrt benenne ich Bruno einige Plätze und Gebäude, an denen wir vorbeifahren. Doch dann sagt er, dass er Bern kenne, weil er während mehrerer Jahre eine Freundin hier gehabt habe, und als er das sagt, versuche ich, mir die Person vorzustellen, und sofort sehe ich eine tolle Frau vor mir, die verächtlich auf mich, Brunos Neue, herabschaut. Als Bruno merkt, dass ich still geworden bin, sagt er, das war dumm von mir, sprich doch weiter; aber eigentlich mag ich nicht mehr, und darum sage ich nur noch so nebenhin, dass wir gerade an meiner Lieblingspizzeria vorbeigefahren sind.

Bruno hat eine Ledertasche dabei, nicht zu gross, und keinen Hund. Mein Flur ist eng. Bruno hat seine Tasche auf den Boden gestellt und wartet. Ich rufe ihn zu mir in die Küche. Aus dem Kühlschrank nehme ich den Wein und reiche Bruno die Flasche. Während er sie öffnet, sehe ich ihn aus den Augenwinkeln an; seine Lippen presst er aufeinander, als er am Korken zieht. Leicht stosse ich an ihn, als ich mich, mit einem Glas Wein in der Hand, dem Herd zuwende. Wie ich so hier stehe und die Langusten brate, hätte ich nichts dagegen, Brunos Atem in meinem Nacken zu spüren, doch Bruno ist bereits ins Wohnzimmer gegangen; er sieht aus dem Fenster und ruft mir zu: Schöne Aussicht!

Zitronenspritzer auf die Langusten, Langusten auf den Salat, die Pfanne abstellen, Hände schnell unters laufende Wasser halten, abwischen, durch die Haare fahren, das Kleid glatt streichen. Ich nehme beide Teller in die Hände, Bruno betrachtet Fotos an der Wand. Es kann losgehen, sage ich und fühle mich schrecklich, so bieder klang das eben, als sei ich eine Herbergsmutter. Bruno setzt sich, steht wieder auf, geht den restlichen Wein holen, schenkt noch einmal ein, wir prosten uns zu, auf dich, sagen wir beide gleichzeitig, was ziemlich nett ist. Dann trinken wir und essen, und es ist schwierig, die Langusten manierlich zu essen oder gar erotisch. Die ersten Bissen liegen wie Blei in meinem Mund. Zum Schlucken bin ich viel zu nervös, und wenn ich den Wein trinken und dabei Bruno anschauen will, zittere ich ein bisschen, und das sieht sicher einfältig aus.

Wir sind noch nicht fertig mit dem Essen, als Bruno meine Hand nimmt, die mit dem Weinglas gespielt hat. Sachte berühren seine Finger meine und dann tasten seine Hände meine Hände ab, fahren dem Handgelenk entlang, und ich sitze da und weiss nicht, was ich denken soll. Nachdem er die Mousse au chocolat gegessen hat, beugt sich Bruno über den Tisch mir zu, komm näher, flüstert er, und ich komme näher, so weit es geht, und Bruno beugt sich auch vor und küsst mich. Hätte ich gewusst, dass du so weiche Lippen hast, hätte ich dich viel eher geküsst, sagt er. Zweimal muss er es sagen, weil ich es beim ersten Mal nicht richtig verstehe. Dann küsst er mich wieder. Und obwohl ich ja eigentlich genau das wollte, geht mir nun alles doch ein wenig schnell. Darum sage ich, dass ich Wasser in der Küche holen möchte, aber als ich aufstehe, zieht mich Bruno zu sich, auf seinen Schoss soll ich mich setzen, doch ich bleibe stehen, schaue von oben auf sein graues Haar herab, und als er sich an mich lehnt, nehme ich seinen Kopf zwischen beide Hände, drücke ihn an meinen Bauch und stecke meine Nase in sein Haar, das riecht, als sei es Puppenhaar.

Bruno steht auf und stellt sich vor mich hin. Über das Essen hat er kein Wort gesagt. Neben dem rechten Auge hat er ein Muttermal, fingerkuppengross, das die Form von Italien hat. Zwischen den Schneidezähnen ist eine Lücke. Um seinen Mund herum verläuft ein Schatten. Wann hast du dich das letzte Mal rasiert?, frage ich. Heute Morgen, sagt Bruno und fährt sich mit der linken Hand den Hals herab, um selbst zu spüren, ob er mich kratzen und meine blassen Wangen aufrauen wird, bis sie sich röten. Er nimmt mein Gesicht in seine Hände und zieht es zu sich heran, legt seinen Kopf gegen meinen Hals, fährt mir durchs Haar, küsst mein rechtes Ohr, und gerade, als ich mich entwinden will, schickt er sich an, mich hochzuheben. Ich bin zu schwer, sage ich leise, doch da hält er mich schon auf seinen Armen, geht schleppenden Schrittes hinüber ins Schlafzimmer, wo er mich aufs Bett legt, und ich denke, dass es in der Vorstellung immer ganz anders ist, ins Bett getragen zu werden, in der Vorstellung ist man leicht, fast schwerelos, und der, der einen trägt, drückt sein Kreuz dabei durch, denn kein Gewicht beugt seinen Rücken zum Buckel, und seine Hände sind warm und gross und weich wie zwei Kissen, aber Brunos Hände pressen meine Oberschenkel zusammen, und ich weiss, dass seine Finger blaue Flecken an mir hinterlassen werden.

Es ist schön, Bruno zu küssen, es ist schön, ihn hier liegen zu haben, ihn auszuziehen, seinen Bauch zu streicheln, ihn zu betrachten. Du findest mich zu dick und zu alt, sagt Bruno in fragendem Tonfall, und ich sage, nein, gar nicht, und küsse seine Schultern und wundere mich, wie nackt er ist, und dass er sich seinen Bauch streicheln lässt und die Brust mit den wenigen grauen Haaren darauf und die Beine und die Arme, an denen sich die Härchen hell kringeln, und dass er sich mir entgegenstreckt und sich aufbäumt unter meinen Händen, dabei kennen wir uns doch kaum, noch vor wenigen Wochen waren wir uns fremd, und eigentlich sind wir es heute auch noch, fast mehr als zuvor, und Bruno richtet sich auf und legt sich auf mich.

Dass Bruno genau eine Technik im Bett beherrscht, ist nicht überragend, aber richtig schlimm ist es auch nicht.

Nachts um drei steht er auf, geht in die Küche, ruft mich zu sich. Er hält eine Flasche Grappa in der Hand. Er sagt: Ich nehme jetzt einen Mund voll, und dann gebe ich ihn an dich weiter. Ich schüttle den Kopf, doch als er einen Schluck genommen hat, mich auffordernd anblickt und zu sich heranwinkt, gehe ich zu ihm und gebe ihm einen Kuss, dabei öffne ich den Mund, so dass er ein bisschen Grappa in meinen Mund fliessen lassen kann, und ich lehne mich zurück und schlucke und höre auch ihn schlucken. Es brennt, es schmeckt nicht, und ich möchte wieder ins Bett gehen, meine Füsse sind nackt auf den kühlen Steinplatten, sieht er das denn nicht, und ich schüttle mich ein bisschen, eine Katze im Regen, so fühle ich mich. Bruno, sage ich, ich geh wieder ins Bett, und Bruno sagt, ich komme auch gleich. Bruno schläft nackt, während ich in meinen Pyjama geschlüpft bin, und beim Einschlafen denke ich noch mal an unseren Sex und dass so etwas ja durchaus zu üben sei. Dann schlafe ich ein.

24

Als ich am Morgen aufwache, ist Bruno nicht mehr im Bett und ich setze mich auf und lausche. Aus der Küche kommen Geräusche. Zehn Minuten später ist Bruno zurück, nackt, mit zwei grossen Tassen Milchkaffee auf einem Tablett. Er sagt guten Morgen, gibt mir das Tablett zum Halten, legt sich neben mich unter die Decke, nimmt mir das Tablett wieder aus der

Hand, hält mir meine Tasse hin. Wir lehnen uns an die Wand und Bruno beichtet.

Ich weiss nicht, sagt er, ob du es weisst oder vielleicht auch nur ahnst oder es dir einfach nur denkst, weil ich ja auch meinen Hund nicht mitgenommen habe – allein habe ich ihn ja sicher nicht gelassen –, auf jeden Fall: Ich bin verheiratet. Den Ring habe ich ausgezogen, auf der Fahrt nach Bern; kurz nachdem ich den Zug bestiegen hatte, habe ich den Ring schon in meine Jackentasche gesteckt. Und die ganze Zeit habe ich mich gefragt, ob du den weissen Streifen siehst, den ich zwar wegzureiben versuchte, doch weil ich den Ring schon acht Jahre lang trage, lassen sich nicht alle Spuren beseitigen.

Bruno hält seine linke Hand hoch, und tatsächlich sehe ich jetzt einen weissen Streifen am Ringfinger, seltsam, dass ich gar nicht darauf geachtet habe, ob er den Ring, den ich schon beim ersten Mal an ihm gesehen hatte, wieder trug oder nicht, aber es ging ja alles so schnell am Vorabend, nicht einmal meinen Nachtisch habe ich aufessen können, und hätte ich mehr Zeit gehabt, hätte ich sicherlich den weissen Streifen Haut gesehen, und dann wäre Bruno mir vermutlich ein wenig lächerlich erschienen, also war es besser, dass alles so schnell gegangen war.

Eigentlich hatte ich vor, es dir gestern schon zu sagen, sagt Bruno, doch dann sah ich, wie viel Mühe du dir gegeben hattest, und dass du mir deine Hand hinhieltest beim Essen, und da dachte ich mir, ich sags dir besser erst später. Sonst wärst du vielleicht am Ende enttäuscht gewesen. Brunos Blick geht Richtung Fenster, unter der Decke drücken sich seine haarigen Beine an mich. Sein Lächeln ist versonnen.

Nun, aber das ist ja vielleicht auch alles gar nicht so wichtig. Weisst du, als ich Anita – so heisst meine Frau – heiratete, da hatten wir viele Pläne. Unter anderem wollten wir Kinder haben, mindestens eins, aber da war Anita schon achtunddreissig, und ich siebenunddreissig, und irgendwie hat es dann nicht geklappt, obwohl wir schon alles geplant hatten. Sie hätte vorerst weiter in ihrer Kanzlei gearbeitet – sie ist Anwältin –, ich hätte mein Pensum an der Schule reduziert und dann hätten wir uns ein Au-pair-Mädchen genommen.

Aber Anita wurde einfach nicht schwanger, und stressig war das dann natürlich auch irgendwann, immer so nach der Uhr Liebe machen, also auf jeden Fall haben wir es dann nach einiger Zeit gelassen, also nicht ganz – Bruno lacht –, aber wir haben uns entschlossen, dass wir eben keine Kinder haben. Und dann haben wir unser Haus eingerichtet, wir hatten ja genügend Geld, und Anita entwickelte eine wahre Obsession bei der Auswahl und Zusammenstellung der Möbel, des Geschirrs, der Tapeten und so weiter, alles musste zusammenpassen, und nur das Beste war gut genug. Einmal sind wir sogar bis nach Mailand gefahren, um passenden Vorhangstoff zu bekommen, und auf der Rückfahrt war Anita fröhlich wie lange nicht. Bruno unterbricht sich, nimmt einen Schluck Kaffee, schaut sinnierend in seine Tasse. Irgendwas fehlte uns oder fehlt uns noch immer, sagt er. Aber obs wirklich nur an der Sache mit den Kindern liegt, weiss ich nicht. Ich meine, irgendwas muss es ja gewesen sein, was mich so zu dir hinzog. Extrem, echt. Als ich dich da sah, im Café, wie du angeschaut wurdest und selbst schautest, wie du den Kopf schräg gehalten und die Haare immer wieder aus der Stirn gestrichen hast, das war toll. Und wie du dann mich so lange angeguckt hast, gar nicht mehr weggeschaut hast du, nur dann am Ende, da wurdest du rot, das war schon sehr süss.

Ich stelle meine Tasse auf den Boden, lege meinen Kopf an Brunos Brust, meine rechte Hand spielt mit den Falten der Bettdecke. Bruno, sage ich, was hast du gedacht, als du mich da gesehen hast? Was hast du die ganze Zeit, während all der Wochen, in denen du mir geschrieben hast, über mich gedacht? Bruno dreht meine Haare um seinen Zeigefinger und sagt nichts. Fandest du mich schön?, frage ich.

Und Bruno sagt: Eigentlich nicht so sehr. Du warst nicht mein Typ. Aber dann habe ich mit dir gesprochen und auch deine innere Schönheit entdeckt, und da hast du mir dann schon gefallen, und darum habe ich dir geschrieben und auch, weil ich dachte, du würdest dich freuen.

Später, im Wald, sagt Bruno, dass in der Fantasie alles besser ist als in der Realität, und ich muss ein bisschen schlucken und sage nichts dazu, schnaube nur ein wenig spöttisch.

An einem gefällten Baumstamm wachsen Pilze, ockergelb, wie Geschwüre sind sie aus dem toten Holz gequollen, überall in den morschen Ritzen keimen sie, und Bruno geht in die Hocke, zeigt mir die Pilze, sagt, dass es Stockschwämmchen sind und dass man sie essen kann. Komm, ich sammle welche für dich ein, und wenn ich dann weg bin, kochst du sie dir, Brot dazu, das schmeckt herrlich. Und Bruno sucht nach einer Hundetüte in seinen Taschen, findet eine und sammelt die Pilze ein.

Wir laufen fast eine Stunde bis zu einer Gaststätte, wo wir einen Kaffee trinken. Auf dem Weg zurück, durch den Wald, der noch grün ist, aber schon manche braunen Flecken hat und einen matschigen Boden, und auch die Luft ist schon ganz abgekühlt, wie kaltes Wasser fühlt sie sich an, wird Bruno nicht müde, auf die Bäume hinzuweisen, die ihre Wipfel in den Himmel strecken, schau dir das an, ruft er und zeigt nach oben, wo die Baumkronen im Wind schaukeln, aber als ich meinen Kopf in den Nacken lege, wird mir schwindlig. Bruno nennt die Namen der Pflanzen, die rechts und links unseres Weges wachsen, er reisst Blätter ab, zerreibt sie und hält mir dann seine Fingerspitzen hin, damit ich daran rieche. Schliesslich zeigt er auf eine Gruppe weisslicher Pilze, die sich neben einer Eiche drängen. Knollenblätterpilze, sagt er. Wenn du jemals jemanden umbringen möchtest, nimm die. Sie sehen aus wie Waldchampignons, schmecken sogar recht gut, süsslich, so sagt man, und nur wer genau hinschaut, sieht, dass die Lamellen weiss, nicht rosa sind und dass der Stiel grünlich genattert ist. Bruno bückt sich, winkt mich zu sich heran und beugt den Hut des Pilzes ein bisschen nach rechts, so dass ich den weissen Fächer sehen kann. Einfach alles in ein Körbchen, eine Schleife drum, daran einen Zettel: ‹Champignons, für dich, mein Schatz›, aber natürlich ohne deinen Namen, sonst kommt man ja auf dich als Mörderin, und dann ab damit vor die Haustür des Opfers, dem du natürlich vorher die Gabe angekündigt hast. Mit lieber Stimme, am Telefon oder bei eurer letzten gemeinsamen Nacht.

Wen soll ich denn umbringen wollen?, frage ich Bruno. Dich etwa? Und Bruno lacht, zuckt mit den Achseln, legt eine Hand in meinen Nacken und zieht mich zu sich heran. Wer weiss, sagt er. Sein Mund berührt meinen Hals, laut und warm trifft sein Atem mein Ohr, vielleicht möchtest du das ja irgendwann mal. Noch nicht, sage ich und küsse ihn.

Später bleibt Bruno vor einer Kastanie stehen, deren mächtiger Stamm von einer dickleibigen, rauen Rinde bedeckt ist, die an den Fingern kratzt, wenn man darüber fährt. Schau dir den Baum an, sagt Bruno und legt seine Hände von hinten auf meinen Bauch. Wie wäre es jetzt wohl, wenn ich mit dir schlafen würde, flüstert er in mein Ohr, du mit den Händen gegen den Baum gelehnt, den Rock hätte ich dir hochgeschoben, darunter hättest du nichts an, ich stünde hinter dir und du würdest schreien vor Lust und vielleicht, Bruno lacht anzüglich und drückt sich so fest an mich, dass ich beinahe nach vorne falle, auf den Baum zu, würde uns jemand beobachten. Wie wäre das, was meinst du?

Ziemlich kalt, sage ich. Der Druck in meinem Rücken lässt nach, Bruno muss sich aufgerichtet haben, und als ich mich zu ihm umschaue, sehe ich, dass er ein bisschen genervt aussieht. Hast du mich schon über?, frage ich und lache. Bruno stutzt kurz, dann schüttelt er den Kopf.

25

Bruno verabschiedet sich. Er hat seine Tasche in der Hand, wir lehnen am Türrahmen, er steht bereits im Hausflur, dreimal hat er mich schon zum Abschied geküsst, ich küsse ihn ein letztes Mal, gute Reise, sage ich, dann schliesse ich die Tür. In der Küche nehme ich die Tüte mit den Pilzen und schmeisse sie in den Abfalleimer. Es ist drei Uhr nachmittags. Ich fange an zu spülen.

Als Paul gegangen war, damals, nach seiner ersten Nacht bei mir, habe ich auch gespült. Eigentlich war es die zweite gewesen. Die erste hatte Sandra mir verziehen, ich hatte ihr ja versichert, dass nichts gewesen war. Sei einfach froh, dass der dich so ernst nimmt, hatte sie zu mir gesagt und sich entschuldigt für ihr seltsames Benehmen im Restaurant, sie sei wohl einfach müde gewesen. Ich hatte gesagt, ja, klar, kein Problem, und sie in den Arm genommen, denn damals ging das noch.

Drei Wochen lang hatte ich danach nichts von Paul gehört und auch ich hatte kaum an ihn gedacht, denn jeden zweiten Abend musste ich proben. Zu Weihnachten wollten wir mit der Theatergruppe des Seminars ein Stück aufführen, Ibsens ‹Nora›, und ich sollte die Titelfigur spielen. Ich mochte Nora, ihren Leichtsinn, ihren naiven Opfermut, und dass sie am Ende ihr Puppenheim und ihren Mann Helmer verliess, fand ich verständlich; sie wollte nicht mehr seine kleine Singlerche sein. Trotzdem vergass ich immer wieder Textzeilen und Nelly, die als Souffleuse fungierte, musste mir oft vorsagen.

Zwei Tage vor der Premiere probten wir das erste Mal in Kostümen. Ich trug ein schwarzes, bodenlanges Kleid, das schmal geschnitten und aus zierlicher Spitze war. Die Haare wurden mir hochgesteckt, einige Locken herausgezupft, um den Hals trug ich ein Kollier aus weiss funkelnden Glassteinen, im Haar steckten Klammern aus Strass. Nelly sagte, ich sehe aus, als sei ich einer Mädchenfotografie der Jahrhundertwende entstiegen, und Sandra, die das zufällig gehört hatte, lachte und meinte, wohl eher dem Foto eines Dienstmädchens, das gerade seinen freien Tag hat.

Bei der Generalprobe sass Paul im Zuschauerraum. Ich hatte ihn bereits gesehen, als ich mit Nelly und Patrick das Klavier auf die Bühne gerollt hatte; seine Jacke hatte er neben sich auf den Stuhl gelegt, auf den Knien hielt seine rechte Hand das gelbe Reclambuch mit dem Dramentext, und sofort hatte ich den Eindruck, dass er uns kontrollieren wollte, obwohl das natürlich Unsinn war. Nur zweimal blieb ich diesmal hängen, und immer hatte Nelly es scheinbar vorausgesehen, denn ihre flüsternde Hilfe kam sofort, so dass nicht mal unser Regisseur Stefan etwas merkte und mich sogar lobte.

Als wir danach alle in das Restaurant neben der Uni gingen, kam auch Paul mit. Irgendjemand musste ihn gefragt haben, vielleicht Sandra, vielleicht aber auch Stefan oder einer der anderen. Ich achtete darauf, mich nicht neben Paul zu setzen. Links von ihm nahm Sandra Platz, rechts Max, der im Stück meinen Ehemann spielte. Und doch sass ich dann nicht weit von Paul entfernt, ihm schräg gegenüber, und wenn er sprach, schaute er mich an, und ich blickte manchmal zurück, oft aber auch zu Sandra, die nichts zu bemerken schien.

Paul ass eine Pizza ‹Präsident›. Sämtliche Gerichte trugen, einer Laune des fussballbegeisterten Gastwirts folgend, die Namen der lokalen Fussballspieler, samt Ersatzbank; nur eines konnte natürlich dem Präsidenten zugeschrieben werden, und dass Paul genau dieses nahm, er, der wie ein Ehrenvorsitzender in unserem Kreis sass, ärgerte mich.

Sandra konnte ihre Bewunderung für Paul nicht verbergen, und wie sie geziert in ihrem Salat stocherte und beim Reden die langen Haare nach hinten warf, wie sie zu laut lachte und zu oft, wie sie versuchte, Paul zu berühren, im Gespräch, zufällig, eine kleine Bewegung, schon ruhte ihre Hand kurz auf seinem Unterarm, ein Ruck, und sie sass näher bei ihm, ihre Schulter stiess an seine und unterm Tisch berührte ihr Knie sicherlich sein Bein, wie sie schnell trank, Weisswein, so dass sich ihre Wangen röteten und ihr Hals ganz fleckig wurde, wie sie von mir ablenkte, kaum dass ich etwas sagte, wie sie all das tat – da mochte ich sie nicht. Zum ersten Mal mochte ich sie nicht. Nur für einen Moment, doch hätte ich sie da schlagen mögen.

Es war Stefan, der vorschlug, dass wir alle – so wie wir hier sitzen, sagte er – Silvester zusammen verbringen. Im Ferienhaus seiner Eltern, in Belgien, direkt an der Küste, Middelkerke heisse der Ort, und für sechs Personen sei Platz, vielleicht auch für sieben, wenn wir zusammenrückten. Sein Vorschlag wurde besprochen, Sandra war begeistert, Maya auch, Nelly lehnte sofort ab – sie sei mit ihrer Mutter im Wallis, bei ihren Verwandten –, und auch Stefanie, die Dienstmagd im Stück, hatte keine Zeit mitzukommen. Paul hielt sein Glas Wasser in der Hand, beobachtete die Diskussion, blickte vom einen zum andern, fragte die hellblonde Sabine, ob sie mitkäme, fragte Max, der bedauernd den Kopf schüttelte, fragte Mirco, den Bühnenbildner, und dann sah er mich an, und ich sagte ja, obwohl ich es da noch nicht so genau wusste, eigentlich hatte ich nach Hause zu meiner Mutter fahren wollen, doch ich nickte. Paul sagte: Dann komme ich auch. Und Sandra, die das gehört hatte, gehört haben musste, lachte und meinte, das sei schön, sie freue sich, man könne so viel übers Theater sprechen. Als sie ihr Weinglas nahm, zitterte ihre Hand ein bisschen, und schneller als sonst ging ihr Atem.

Beim Verlassen des Restaurants lief Sandra neben Paul. Als wir uns verabschiedeten, spürte ich in der Umarmung die aufgeregte Wärme ihres Körpers. Die Gruppe teilte sich; Sandra, Paul und Stefan hatten die gleiche Richtung. Als ich mich nach einigen Metern zu ihnen umdrehte, sah ich sie auf der anderen Strassenseite gemächlich hinter ihren langen, schmalen Schatten herlaufen.

Dass es eineinhalb Stunden später an meiner Tür klingelte, hätte mich wundern müssen, doch noch bevor ich öffnete, wusste ich, dass es nur Paul sein konnte, der so spät zu mir kam. Wir standen voreinander, schauten uns an. Paul fragte: Kann ich reinkommen?, und ich sagte, klar, etwas unwirsch, dabei wollte ich doch auch, dass er endlich den kalten Hausflur verliess, bevor die Katze rausschlüpfen würde.

Ich habe Paul und mir Wein eingeschenkt, in die Kristallgläser meiner Grossmutter, und ich habe Nüsse in eine Porzellanschale getan, die ich von Sandra geschenkt bekommen hatte. Ich weiss nicht, warum ich ausgerechnet diese Schale nahm, ich hätte ja genügend andere gehabt, und besonders schön fand ich das bunt gesprenkelte Schälchen mit seinem wie gehäkelt durchbrochenen Rand auch gar nicht. Aber vielleicht habe ich es gemacht, damit ich das bittere Gefühl, eine Verräterin zu sein, deutlicher spüren konnte. Nicht nur dumpf im Hinterkopf. Und vielleicht auch, damit Sandra irgendwie anwesend war, mahnend oder anspornend. Ich weiss nicht. Paul habe ich in dieser Nacht nicht nach Sandra gefragt.

Kaum dass er am nächsten Morgen gegangen war, spülte ich. Dann schaute ich mich im Spiegel an, ob es irgendwelche Spuren in meinem Gesicht gebe. Ob man mir ansehen könne, was ich getan hatte. Aber man sah gar nichts, alles sah aus wie immer: runde Wangen, stumpfe Nase, dunkle Augen. Etwas matt.

26

Heute Morgen wachte ich auf und war plötzlich sehr nachdenklich. Jetzt bin ich 28 Jahre alt, habe ich gedacht, während ich, die Hände im Nacken verschränkt, an die Decke schaute, und immer noch habe ich nichts Besonderes gemacht. Wenn ich darüber nachdachte, was ich alles geplant hatte, wurde mir ein bisschen flau im Magen, weil ich gar nichts davon eingelöst hatte. Vor allem war ich keine Schauspielerin geworden. Mit meinen Bewerbungen an vier verschiedenen Schauspielschulen war ich gescheitert, und obwohl ich seitdem in einigen Stücken von Laiengruppen mitgespielt hatte und dabei auch gar nicht so schlecht gewesen war, konnte mich das heute Morgen nicht darüber hinwegtäuschen, dass ich auf diesem Gebiet versagt hatte. Auch Regisseurin war ich nicht geworden, nicht mal an der Uni war ich sehr weit gekommen. Alles Mittelmass. Und dass ich an meinem 28. Geburtstag alleine in meinem Bett erwachen würde, hatte ich auch nicht erwartet.

Kurz nach zehn ruft Patrick an und gleich darauf Nelly. Beide gratulieren – Patrick singt sogar – und beide wollen vorbeikommen, zum Abendessen. Nelly sagt, ich bringe noch Sabine mit und die vielleicht ihren Freund Alex, richte dich also auf vier Gäste ein, und sie bietet an, den Nachtisch mitzubringen, Sachertorte, weil sie doch immer glaubt, die Zubereitung österreichischer Mehlspeisen liege ihr im Blut, ihrer Salzburger Grosseltern wegen.

Von meiner Mutter ist ein Paket gekommen, das seltsame Geschenke enthält. Nicht nur, dass sie mir ein Buch schickt, das die Aufzucht und Pflege von Rassekatzen beschreibt, sondern sie hat auch einen Schal dazugelegt, der zwar weich, aber aus gelber Wolle ist, und Gelb mag ich gar nicht. Allerdings hat sie auf der beiliegenden Karte geschrieben, der Schal sei so gelb wie ein Sonnenstrahl, und da ich ihr Sonnenschein sei, passe das. Also ist das Geschenk doch ganz nett.

Auch meine Tante Ellen ruft an und gratuliert mir. Sie glaubt, ich würde 29 Jahre alt werden, aber ich bin nicht beleidigt. Sogar mein Vater meldet sich. Herzlichen Glückwunsch, ruft er in den Telefonhörer, lass dich ordentlich feiern, Kleines, und dann fängt er an, von seinem neuen Leben zu erzählen, er habe nämlich eine Wandlung durchgemacht, sein Comingout gehabt, wie er mir berichtet, und ich solle jetzt bitte nicht schockiert sein, die Mama hats dir ja sicher eh schon gesagt, und obwohl das so nicht stimmt, sage ich ja und: Kein Problem!

Der Grund für seine plötzliche Offenheit ist, dass er sich neu verliebt hat, in einen Mann, der erheblich jünger ist als er und sehr erfolgreich im Börsengeschäft. Mein Vater ist ziemlich beeindruckt von seinem neuen Freund, in jedem Satz kann man es hören: wenn er sein Aussehen beschreibt, seine Grosszügigkeit, seine Weltläufigkeit, er sagt Lebensart dazu. Offenbar hat mein Vater mit dieser neuen Liebe auch seine häusliche Begabung entdeckt. Ich koche seit neuestem für mein Leben gern, sagt er, gerade vorgestern habe ich ein wunderbares Schweinegeschnetzeltes gekocht, und wenn du magst, schicke ich dir das Rezept. Als er nach zwanzig Minuten immer noch redet, gehe ich mit dem Telefon leise in den Hausflur und drücke die Klingel. Da sieht er ein, dass ich nicht mehr länger telefonieren kann, und wir hängen endlich auf. Nachher auf dem Sofa habe ich ein schlechtes Gewissen deswegen, aber nur ein bisschen.

Am Abend kommen Nelly und Patrick und zehn Minuten nach ihnen Sabine mit ihrem Freund Alex. Ich habe eine Pizza gebacken. Nelly isst drei grosse Stücke, und wieder einmal wundere ich mich, dass sie nie zunimmt, obwohl sie immer so viel isst. Diesmal nehme ich mir fest vor, darauf zu achten, ob sie gleich ins Badezimmer geht. Aber sie bleibt ziemlich lange sitzen, und als sie dann schliesslich ins Bad geht, kann ich kein Würgen hören, obwohl ich auch gleich aufstehe, angeblich um in der Küche etwas zu holen, und vor der Badezimmertür stehen bleibe und lausche. Sabine nimmt nur ein Stück Pizza, nicht wegen der Kalorien, wie sie sagt, sondern wegen des Cholesterins, und als ich sie verwundert frage, jetzt schon?, meint sie, man könne nicht früh genug damit anfangen.

Sabines Freund Alex ist hellblond wie sie, und daher kommt es wohl, dass die beiden fast wie Geschwister aussehen. Wälsungenblut, stichelt Nelly manchmal, aber nur, wenn Sabine und Alex nicht dabei sind. Alex ist Ingenieur, ein promovierter, wie Sabine stolz ergänzt, und er grinst verschämt, ist aber nicht wirklich verlegen. Ich kann mir vorstellen, dass die beiden das öfter so machen: Sie erwähnt die Meriten und er tut bescheiden. Im Moment ist Alex an einem Brückenbau beteiligt, und als ich ihm sage, dass ich Brücken für Kunstwerke halte, weil ich mir nie vorstellen kann, wie sie die ganzen Lasten tragen können, ohne einzubrechen, sagt er, dass es durchaus Brücken gebe, die einbrechen, aber die seien dann meist nicht bei uns in Europa, sondern woanders. Ich erzähle ihm, dass ich einmal in Thailand über die Brücke am Kwai gefahren bin und dass ich dabei, als ich aus dem Zugfenster geschaut habe, auf die Schienen, das Geländer und das Wasser dahinter, Angst gehabt hätte, und er sagt: Hätte ich auch.

Sabine ist Soziologin. Sie arbeitet an der Universität, betreibt empirische Forschungen und gibt Kurse, die sie, wie sie sagt, völlig fertig machen. Warum das so ist, weiss Sabine auch nicht genau, irgendwie seien die Studenten überhaupt nicht mehr am Stoff interessiert, sagt sie, nie hätten mehr als einer oder zwei die Texte vorbereitet, und wenn mal eine Diskussion entstehe, kämen alle mit persönlichen Erfahrungen und keiner habe Adorno gelesen und Horkheimer erst recht nicht. Sabine ist ganz sicher, dass unsere Gesellschaft, unsere Konsumgesellschaft, sagt sie, nur noch Konsumenten produziere. Alex nickt bedächtig und sagt, im Ingenieurnachwuchs sei das auch so. Patrick muss wieder einmal widersprechen; er mag die Leute an der Uni, gerade die Studenten, nicht etwa die Assistenten und Professoren, die findet er absolut verdreht, sagt er. Sabine fügt in scharfem Ton an: Professorinnen. Die gibts nämlich auch. Und Patrick sagt, ja, auch viele Professorinnen seien total daneben.

Nellys Nachtisch sieht toll aus. Ich muss die Torte mit einem langen Küchenmesser anschneiden und dabei lächeln, während Patrick mich mit seiner Polaroidkamera fotografiert. Die Schokoladenschicht auf der Torte ist dick und knackt beim Reinbeissen, mit Sahne hat Nelly obendrauf ‹Inga› geschrieben und eine verwackelte 28. Als ich den ersten Bissen im Mund habe, klingelt das Telefon, und Bruno ist dran. Bruno, von dem ich, seit er vorgestern hier war, keine Karte mehr bekommen habe. Und ich denke schon, dass es toll ist, wie er an meinen Geburtstag denkt, aber Bruno hat gar nicht daran gedacht, sondern wollte nur mal meine Stimme hören und wissen, ob wir uns bald wieder einmal treffen können, und ich sage ja, und, warum nicht, und dass er morgen noch mal anrufen soll, ich hätte gerade Besuch. Als Bruno fragt, von wem, sage ich, ein Freund, kennst du nicht. Warum ich das mache, weiss ich auch nicht, einfach so. Bruno sagt, aha, und, na, dann will ich mal nicht länger stören, und ich sage, okay, bis morgen, und hänge auf.

Kaum dass ich wieder in der Küche bin, will Sabine wissen, ob das Paul war, der angerufen hat. Als ich den Kopf schüttle, sagt sie, sorry, und ich sage, das sei schon in Ordnung, obwohl ich mich tatsächlich frage, was sie das angeht. Sabine schaut nachdenklich auf ihren Teller, auf dem sich noch ein halbes Stück Torte befindet, und während sie mit der Kuchengabel am braunen Teig herumnestelt, fragt sie mich, ob ich denn gar nichts mehr von Paul hören würde. Mit einer ganz kleinen Stimme fragt sie, und ich sage, dass das jetzt erst mal besser so wäre und von uns beiden so gewollt. Hast du Sandra eigentlich mal wieder gesehen?, will sie weiter wissen und Nelly verdreht die Augen, als ich sie anschaue. Nein, sage ich, und Sabine sagt: Ich schon.

In der Strassenbahn sei sie ihr vor ein paar Tagen begegnet, obwohl sie ja gar nicht mehr in Bern wohne, aber sie komme von Zürich aus oft hierher, habe sie Sabine erzählt, um ihren Freund zu besuchen, und auch, weil sie hier ja noch viele Bekannte von damals habe. Gut habe sie ausgesehen, meint Sabine, nur ein bisschen dicker sei sie geworden, aber das stehe ihr gar nicht schlecht, sie sei ja sonst immer ziemlich mager gewesen. Ich nicke und sage, aha, und, na ja, und Patrick schlägt vor, dass ich jetzt endlich sein Geschenk auspacke, das in einem Karton im Wohnzimmer steht.

Es ist ein Vogel aus Pappmaché, so gross wie eine Friteuse, rosa und mit glitzernden Steinchen besetzt. Die Augen sind blau funkelnd und die Schwanzfedern weiss und lang, im Rücken ist ein Häkchen angebracht, daran kann man den Vogel aufhängen. An den Flügeln kleben in engen Reihen rote Pailletten. Hab ich selbst gemacht, sagt Patrick. Noch nie habe ich so einen schönen Vogel bekommen, sage ich. Und meine es ganz ehrlich.

27

Sandra haben wir damals nichts davon erzählt, von der zweiten Nacht, die Paul bei mir verbracht hat. Am Morgen beim Frühstück habe ich Paul gesagt, dass ich nicht will, dass irgendjemand etwas davon erfährt. Paul hat gefragt, warum denn nicht? Wäre das so schlimm?, und ich habe gesagt, ich weiss eben noch gar nicht, ob ich das überhaupt will. Er fand das schade, aber er versprach, nichts zu sagen, zu niemandem. Ob wir uns denn wieder sehen könnten? Und ich sagte, ja, an Silvester, mit all den anderen, aber dass er sich dann wirklich nichts anmerken lassen soll. Weil ich das noch einmal wiederholt habe, war Paul ein wenig gekränkt.

Ich möchte nicht, dass du am Abend zur Premiere kommst, das macht mich nervös, sagte ich, und ein bisschen schien ihm das zu schmeicheln. Als er ging, fragte er mich – die Hand an der Türklinke –, ob ich ihn überhaupt möge, und ich sagte: Ja, mögen schon.

Für den frühen Nachmittag war ich mit Sandra verabredet. Sie hatte sich bereit erklärt, mit mir noch ein letztes Mal den Text durchzugehen.

Sandra war gut gelaunt, viel besser als in den letzten Wochen. Immer wieder summte sie vor sich hin, und den Text fragte sie mich nur unkonzentriert ab: Statt mitzulesen, um zu sehen, ob ich alles richtig sagte, spielte sie dauernd mit ihren Haaren, zwirbelte Strähnen um ihre Finger und schaute nach, ob sie Spliss hatte. Manchmal spähte sie auch aus dem Fenster, während ich sprach, oder betrachtete gedankenverloren meine Katze, die vom Boden auf den Stuhl und von da aus auf den Tisch sprang, um dort zwischen den Tassen und Tellern herumzustreichen. Einmal sagte ich statt: Ich habe in diesen drei Tagen einen harten Kampf gekämpft, einfach: Ich habe in diesen drei Tagen einen harten Kamm gekämmt, nur um zu sehen, ob Sandra etwas merken würde, aber sie gab bloss ein zustimmendes Mmh von sich und blätterte auf die nächste Seite weiter.

Ich habe extra nicht gefragt, warum sie so abwesend war, aber sie sagte es mir später trotzdem. Am Vorabend hatten sie, Paul und Stefan vom Restaurant aus noch ein gutes Stück gemeinsam zu gehen. Paul hatte von seinen Problemen mit dem Intendanten des Stadttheaters erzählt, mit dem Vermerk, dass dieses Gespräch unter ihnen bleiben müsse. Wie mit einer alten Bekannten hat er mit mir gesprochen, freute sich Sandra. Absolut vertraut, als ob ich da kompetent wäre und davon Ahnung hätte. Als sie an Sandras Wohnung angekommen seien, habe Paul sie zum Abschied auf die Wangen geküsst. Sandra habe ihren ganzen Mut zusammengenommen und gefragt, ob sie nicht alle noch etwas trinken wollten bei ihr, aber nur Stefan habe noch Zeit gehabt. Paul habe gesagt, dass er noch arbeiten müsse, leider, aber ein anderes Mal würde er sie gerne besuchen. Bevor er dann gegangen sei, habe er sich noch mal umgedreht und ihnen zugerufen, dass er die Idee mit Silvester übrigens toll finde. Sandra habe zurückgerufen: Ich auch, und alle drei hätten sie gelacht.

Ich sagte, hey, das klingt echt schön, und fühlte mich miserabel.

Am Abend, zwanzig Minuten vor Beginn der Aufführung, wusste ich dann nicht, ob es das Lampenfieber war oder die Sache mit Paul, weswegen mir schlecht war. Auf die Bühne rauszugehen schien mir absolut unmöglich, aber Sandra umarmte mich, drückte mich an sich, spuckte mir dreimal über die linke Schulter, sagte toi, toi, toi, und stiess mich in Richtung Bühne.

Im zweiten Akt sah ich Paul. Er sass in der dritten Reihe, neben ihm ein Dozent des theaterwissenschaftlichen Seminars. Ich war wütend, dass er gekommen war, weil ich ihn doch gebeten hatte, nicht zu kommen. Noch dreimal schaute ich zu ihm hin während des Stücks. Beim letzten Mal versprach ich mich darum im Text. Am Ende, nach dem Applaus und nach fünfmal Verbeugen, bin ich dann durch den Hintereingang weggegangen. Alle anderen haben noch gefeiert, aber ich sagte, mir gehe es nicht gut, Kopfschmerzen und Übelkeit. Und das war nicht mal gelogen.

Als mein Telefon um Mitternacht klingelte, war ich schon im Bett. Paul hinterliess eine Nachricht auf meinem Anrufbeantworter. Er wünschte gute Besserung.

28

Jetzt sind es bald schon drei Monate, dass ich ohne Arbeit bin, und obwohl das niemand mehr zu bemerken scheint, glaube ich doch, dass ich mich langsam mal wieder nach einem Job umschauen sollte. Ob ich zurück in die Werbeagentur will, weiss ich nicht. Ob ich kann, auch nicht. Vielleicht hat ja jetzt jemand anders meine Stelle.

In der Zeitung sehe ich ein Inserat vom Kulturamt der Stadt, sie suchen eine Sekretärin. Kultur klingt gut, denke ich, und Tippen habe ich auch einmal gelernt, am Anfang des Studiums, damit ich die Seminararbeiten schneller schreiben konnte.

Als ich gegen elf Uhr vormittags anrufe, meldet sich eine gelangweilte Frauenstimme. Ja, die Stelle ..., wenn ich da einmal meine Unterlagen einreichen wolle. Lebenslauf, Arbeitszeugnisse, Abschlüsse, bitte mit Lichtbild. Um ein Passfoto zu machen, muss ich zum Bahnhof fahren. Der Automat dort macht Schwarzweissbilder mit so starken Kontrasten, dass die Bilder fast wie Kunst aussehen, dabei kosten vier von ihnen nur einen Franken. Meine Mutter meint zwar, ich sehe auf den Fotos immer aus wie eine von der RAF, aber ich finde, ich sehe darauf gut aus, ein bisschen verwegen vielleicht. Paul auf jeden Fall hatten sie gefallen. Von den sechzehn Bildern, die ich mache, behalte ich insgesamt acht, die restlichen sind nicht gut geworden: dreimal Augen zu, einmal mit der Hand in den Haaren, viermal schlecht getroffen. Fast den ganzen Nachmittag brauche ich, um den Bewerbungsbrief zu schreiben und die restlichen Unterlagen zu sortieren. Um kurz vor fünf bringe ich alles zur Post und beginne zu warten.

Aus lauter Langeweile fange ich an aufzuräumen, aber ich komme nur bis zur ersten Kiste im Schrank, der Kiste, in der ich Erinnerungen aufbewahre.

Paul hat mir einmal – da waren wir vielleicht zwei Jahre zusammen – vorgeworfen, dass ich unromantisch sei, weil ich fast alle seine Geschenke umtauschte, zumindest die, die ein bisschen teurer waren. Tatsächlich hatte ich eine Kette und zwei Ringe, die er mir gekauft hatte, in die Läden zurückgebracht und mir andere dafür ausgesucht, aber nur, weil er eben immer so sehr daneben gegriffen hatte: spitze Formen statt runde, Gelbgold statt Weissgold, Perlen statt Bernstein. Ansonsten war ich aber nicht unromantisch: In der Kiste fand ich unter anderem eine von ihm bemalte Serviette aus einem Lokal im Tessin, sechs Karten, die er geschrieben hatte, sowie einen Notizzettel, auf dem er mir einmal morgens eine Nachricht für den Tag hinterlassen hatte: Katze wollte nichts frühstücken, sieht ungesund aus, besser, du gehst zum Tierarzt, Paul. Ausserdem fand ich einen kleinen Schlüssel, der offenbar zu seinem Briefkasten gehört. Vielleicht sollte ich ihm den bei Gelegenheit zurückgeben.

Patricks Konzert am Abend hätte ich beinahe vergessen. Als es mir einfällt, sind es noch fünfunddreissig Minuten bis zum Beginn, und ich muss duschen, Haare waschen und überlegen, was ich anziehen soll.

Als ich im Lokal ankomme, hat Patrick noch nicht zu spielen begonnen, obwohl es bereits Viertel nach acht ist, aber seine Band baut noch die Instrumente auf und Patrick ist ziemlich aufgeregt. Ich versuche, mit ihm zu reden, aber er zupft die ganze Zeit an seiner Gitarre, spricht immer wieder ins Mikrofon, das nicht funktioniert. Erst als er zu mir sagt, tut mir Leid, Inga, später, okay?, ich hab jetzt keine Zeit, geht das Mikrofon plötzlich und jeder kann es hören, und ich setze mich schnell an einen der vorderen Tische, zu einem Mädchen, das ich von der Uni kenne.

Eineinhalb Stunden spielen sie; am Anfang ist Patrick nervös, ich merke es seiner Stimme an, zittrig begrüsst er die Zuhörer, aber nach einer Stunde, als er die einzelnen Musiker vorstellt, klingt er überhaupt nicht mehr ängstlich, eher ein bisschen trunken, und aufgekratzt ist er, vielleicht hat er vorher Speed genommen, das tut er manchmal, hierin ist er ein echter Rockstar. Während des Konzerts schaue ich mich um, ob ich irgendwo Paul sehe oder vielleicht Sandra, weil sie jetzt ja wieder öfter hier ist, aber ich sehe keinen von beiden, habe es auch eigentlich nicht erwartet. Und gehofft schon gar nicht.

Immer wenn ich Patricks Musik höre, verstehe ich nicht, warum die Band sich Kamikaze nennt. Nachts, auf dem Nachhauseweg, frage ich ihn danach, er wispert ein bisschen und zischt, verstehste jetzt?, fragt er, aber natürlich weiss ich nicht, was er meint. Kamikaze, das heisst Götterwind, erklärt Patrick darum, und dass sich im Zweiten Weltkrieg die japanischen Kampfflieger auch so nannten, ist zweitrangig. Als wir bei mir ankommen, habe ich plötzlich Lust, Patrick zu küssen. Und so gebe ich ihm einen kleinen Kuss auf den Mund, dann noch einen, der länger dauert, und noch einen, der viel länger dauert, doch Patrick bewegt sich nicht, sein Mund bleibt geschlossen und darum meiner auch, und schliesslich löst Patrick sich und umarmt mich, legt seinen Kopf auf meine Schulter, und dann sagt er, ach Inga, ich geh jetzt besser mal, und ich sage, ja, ist sicher besser. Nur mitkommen in den Garten soll er noch mal, und Patrick sagt, okay, nimmt meine Hand, und wir laufen los, auf den Rasen, über uns ist der Mond und die Tannen sind schwarz aufgereiht entlang des Zauns. Patrick steht hinter mir, hat seine Arme vor meiner Brust verschränkt, und wir schauen beide nach oben. Im Himmel hängen die Sterne und sehen eiskalt aus, es riecht bereits nach Winter. Irgendwie ist es wie früher manchmal, wenn ich spätabends noch Freunde im Garten getroffen habe; meiner Mutter sagte ich, dass ich etwas draussen habe liegen lassen, und wenn ich rauskam, warteten sie schon, zu dritt, zu viert, und aus Gras und Blättern haben wir uns Zigaretten gedreht, die wir hin- und hergaben. Ein Wunder, dass wir nicht an Rauchvergiftung gestorben sind.

Zwischen den Bäumen raschelt es, ein Igel kommt heraus, kreuzt den Rasen und verschwindet hinter dem Rhododendron. Du darfst nicht zu viel erwarten, sagt Patrick in mein Ohr. Ja, sage ich. Ich weiss.

29

Zwei Tage später ruft mich das Kulturamt der Stadt an. Die gelangweilte Sekretärin sagt, dass sie mich weiterverbinden wird. Als ich ja, gerne sage, läuft schon Klaviermusik. Dann meldet sich eine Männerstimme, Herr Gerber, der meine Bewerbung bekommen hat und mich zu einem Vorstellungsgespräch einlädt. Ich kann bereits heute Nachmittag vorbeikommen, meint er, vierzehn Uhr, dritter Stock, zweite Tür rechts.

Hinter der zweiten Tür rechts sitzt die Sekretärin, die viel älter ist, als ich gedacht habe. Kann aber auch sein, dass ich mich verschätze, weil ihre Bemühungen, jung auszusehen, so deutlich sind, dass man sie vielleicht gerade darum für älter hält. Nachdem ich meinen Namen gesagt habe, meldet sie mich durch die Gegensprechanlage an, und ich kann eintreten.

Herr Gerber, Georg Gerber steht auf dem Schild neben seiner Tür, hat rötliche kurze Haare und eine Brille mit Perlmuttrand. Er gibt mir die Hand, bittet mich, Platz zu nehmen, sagt, dass wir noch auf seinen Kollegen warten, und bietet mir Kaffee an. Ich rühre in der Tasse, als ein jüngerer Mann eintritt. Wir geben uns die Hand, er setzt sich neben Gerber und beide schauen mich einen Moment erwartungsfroh an und wahrscheinlich schaue ich genauso zurück, und darum fängt Gerber als der Ältere und Ranghöhere an, mich zu meiner Person zu befragen, und ich erzähle, woher ich komme und was ich bisher gemacht habe. Als er mich fragt, warum ich meine, dass ich für die Arbeit bei ihnen geeignet sein könnte, wo ich doch gar keine professionelle Sekretärin sei, sage ich, dass ich dafür auf dem Gebiet der Kultur Bescheid wisse. Darauf scheint der Jüngere nur gewartet zu haben. Was machen Sie denn so in Ihrer Freizeit, abends zum Beispiel?, fragt er, und ich sage, dass ich öfters ins Theater gehe und auch viel lese. Was denn zum Beispiel?, hakt er nach, und so direkt befragt, fällt mir natürlich nichts ein, zumindest nichts Repräsentatives, darum bin ich einen Moment still und beide Herren schauen mich weiter fragend an, und da erinnere ich mich an den Film über Gorbatschow, den ich gestern im Fernsehen gesehen habe, und sage: Zum Beispiel russische Literatur. Der Jüngere möchte es aber genauer wissen und fragt: Wen denn aus der russischen Literatur? Puschkin, sage ich, weil der mir als Erstes in den Sinn kommt und weil ich tatsächlich schon einmal ein Buch mit seinen Erzählungen geschenkt bekommen und vielleicht auch gelesen habe. Diesmal ist es Gerber, der weiterfragt: Was von Puschkin denn?, als ob er den gut kennen würde, und ich denke einen Moment nach und sage dann: Zum Beispiel ‹Die Katze›. Und da wissen die beiden Männer endlich genug, und nachdem sie noch ein bisschen über die Aufgaben im Kulturamt geredet und angekündigt haben, sich bald bei mir zu melden, kann ich gehen.

Zu Hause schaue ich im Puschkin-Buch nach, ob es eine Geschichte gibt, die ‹Die Katze› heisst. Gibt es aber nicht. Und später dann, als ich mir einen Tee aufsetze und in der Zeitung lese, fällt mir ein, dass ich der Tochter meiner Cousine vor zwei Jahren ein Buch geschenkt habe, das von einem Kater handelt, der Puschkin heisst. Darum also. Ich glaube aber, die Stelle bekomme ich eh nicht.

30

Und dann waren es damals plötzlich nur noch zwei Tage bis Silvester. Am 30. Dezember fuhren wir los nach Belgien, mit dem Transporter von Mircos Vater, der ein Elektrounternehmen hatte, darum stand auf dem Wagen in grosser blauer Schrift ‹Elektro-Wenger›, und ein riesiger Stecker war drauf gemalt, samt Kabel.

Am Anfang fuhr Stefan, neben ihm auf dem Beifahrersitz sassen Sandra und Maya, dahinter Paul und Sabine, ganz hinten Mirco und ich. Bis zur französischen Grenze sangen wir, das heisst, ich sang eigentlich nicht richtig mit, und auch Paul nicht, aber die anderen sangen, und besonders laut sang Sandra, die eine gute Stimme hat, einen Mezzosopran, und zu der Zeit sogar Gesangsunterricht nahm. Also, das klang gut.

Bisher hatte Paul sich an sein Versprechen gehalten; er liess sich nichts anmerken, im Gegenteil, er redete kaum mit mir, und wenn er zu Maya oder Sabine besonders freundlich war, schaute er mich manchmal prüfend an, wie um zu sehen, ob ich eifersüchtig sei. Kurz vor Luxemburg übernahm Mirco das Steuer, Stefan setzte sich neben mich und weil ich gemerkt hatte, dass Stefan Sandra mochte, fragte ich Sandra, ob wir die Plätze tauschen könnten, aber bevor sie antworten konnte, hatte Maya sich schon nach hinten gesetzt, und so kam es, dass ich vorne, dicht neben Sandra sass und ihr rechter Arm an meinem linken rieb und ihre blonden Haare sich mit meinen braunen mischten. Sandra war die ganze Zeit sehr überschwänglich, sie redete unentwegt und war witzig, alle lachten über ihre Scherze, aber mir wurde es manchmal ein bisschen zu viel, auch wenn ich wie die anderen lachte, und als sie hundertdreissig Kilometer vor Middelkerke einschlief, war ich erleichtert, besonders als sie, schon halb im Schlaf, ihren Kopf an meine Schulter legte.

Middelkerke liegt teils in den Dünen und teils in den Poldern, dem eingedeichten Land, das vor gar nicht so langer Zeit noch Meer gewesen war. Jetzt war es begrünt, aber weil Winter war, sah alles blass aus: der Himmel, das stählerne Wasser, der stumpfe Sand, das fahle Gras; alles war wie unter hauchdünner Gaze.

Das Haus von Stefans Eltern duckte sich vor den Dünen. Wie angeklebt sass das dunkelbraune Ziegeldach auf dem weissen Kasten, jedes Fenster war umrahmt von breiten, roten Fensterläden, um den Garten führte ein Bretterzaun, der zwischen seinen Planken kleine Ritzen hatte, durch die man – wäre man nicht grösser als ein Zaunpfahl gewesen – hätte hineinschauen wollen. Im Wohnzimmer standen Kiefernmöbel mit hellen Polstern um einen gläsernen Couchtisch. Den Kamin machte Paul noch am gleichen Abend an, nicht weil es kalt war – es gab eine Gasheizung –, sondern weil das offene Feuer gemütlich sei, wie Sandra fand, und darum machte Paul das. Die Zimmer hatten wir schon auf der Autofahrt aufgeteilt: Maya und Sabine würden im Elternschlafzimmer, Sandra und ich im grösseren, Stefan und Paul im kleineren Kinderzimmer schlafen. Mirco hatte sich bereit erklärt, auf der Couch im Wohnzimmer zu übernachten.

Am Abend erzählte uns Paul vom Theater, was sie da im Moment inszenierten, was sie für die nächsten Monate planten, aber darüber sollten wir noch mit niemandem reden. Er sagte, mit wem es angenehm sei zu arbeiten und mit wem weniger, und dann sagte er nichts mehr und schaute mich an, aber ich merkte das erst, als ich den Blick von meinen Füssen abwandte und hochschaute, über meine angezogenen

Knie hinweg, die rechte Hand um meine rechten Zehen geschlossen. Gerade als ich ihn ansah, öffnete Paul den Mund und sagte, in das Gespräch zwischen Mirco, Sabine und Stefan hinein, die sofort verstummten: Besonders schön war es immer, wenn ich mit Sandra arbeiten konnte. Und Sandra sagte, wow!, und, danke, und als ich sie anschaute, sah ich, dass ihre Wangen glühten.

Später sprachen wir über Sternzeichen und dabei stellten wir fest, dass Sabine und Stefan Fische waren, nur ein Tag lag zwischen ihren Geburtstagen und Sandra meinte, sie sollten eine grosse Feier machen im nächsten Jahr, wenn beide dreissig würden. Als Sandra erzählte, dass sie Schütze sei, sagte Paul, dass dieses Sternzeichen gut zu seinem passen würde. Eine Waage, wie ich es bin, wäre immer um Kompromisse bemüht, erklärte mir Maya, harmonieliebend, umgänglich, überhaupt nicht streitsüchtig. Paul sagte, vielleicht auch einfach immer unentschieden, und Sandra lachte laut; ja, sagte sie, genau so ist es, und kapiert hatte sie gar nichts.

In unserem Kinderzimmer dann war ich aber schon nicht mehr wütend auf Sandra. Während ich bereits im Bett lag, schaute ich ihr beim Umkleiden zu und wie sie mit ihrem Waschbeutel erst aus dem Zimmer ging, ohne Pantoffeln, und als sie wiederkam, roch sie nach Pfefferminz. In der Hand hatte sie ein Glas Wasser, das hielt sie mir hin, weil sie wusste, wie gern ich vor dem Einschlafen noch etwas trinke, und dann kam sie zu mir ins Bett, nur ein bisschen, sagte sie, als sie sich meine Decke bis zum Kinn hochzog. Wir lagen Schulter an Schulter, und sie fragte, ob es mir gut gehe, und ich sagte: Ja, jetzt schon.

Irgendwann ist sie dann eingeschlafen. Ich habe sie nicht geweckt, sondern mich zu ihr gedreht und ihrem Atem zugehört, der manchmal ein wenig im Rachen rasselte. Die Decke war ihr bis zur Hüfte hinabgerutscht, ihr Haar lag auf dem geblümten Kissen, eine Strähne reichte hinüber bis zu mir, und ich pustete die Haare ganz leicht an und ging mit meinen Fingern der Strähne nach, bis zu Sandras Kopf und hinab auf ihre Brust. Ihr Haar strich ich glatt, immer wieder, es reichte bis unter die Brust, und als ich in ihr Gesicht blickte, vielleicht um sie zu küssen, ich weiss es nicht mehr so genau, sah ich, dass sie mich anschaute. Ohne ein Wort zu sagen, drehte sie sich weg von mir, und auch ich sagte nichts, aber mein Puls raste, als wäre ich um ein Haar gefallen.

Am nächsten Morgen brachte Sandra mir das Frühstück ans Bett, weil mein Kopf schmerzte, und sie ermahnte die anderen, still zu sein, und setzte sich auf den gelb bezogenen Bürostuhl, den sie neben das Bett rückte, und sah mir zu, wie ich das Brötchen ass, einen Bissen nach dem anderen, und der Brotteig mit der süssen Marmelade schien sich in meinem Mund zu vergrössern, nur mit Tee konnte ich die Brocken überhaupt hinunterbekommen, und Sandra erzählte von Paul und tat, als wisse sie von nichts, als könne sie sich nicht erinnern, als hätte ich mich nicht blossgestellt vor ihr – und nichts kann das ungeschehen machen –, als hätte ich ihr nicht eine Falle gestellt – war es nicht so? –, eine Falle, in die ich nun selbst getreten war, und sie hatte sich gerettet, aber ich mich nicht.

Am Nachmittag machten wir die Wanderung. Von Middelkerke nach Lombardsijde gingen wir, dem Strand entlang, dann quer durch den breiten Dünenstreifen, in dessen Mulden unvermittelt Wohnwagensiedlungen auftauchten, zweimal, dreimal, wie winzige, im Sommer vergessene Dörfer, Dutzende von Wagen, fest am Boden installiert und von eingezäunten Gärtchen umgeben, dazwischen hart getretene Sandwege. Von der nahe gelegenen Militäranlage drang Musik zu uns herüber. Als Sandra in einen der Wagen hineinspähte – das niedrige Gartentor hatte sie geöffnet, zwischen den kieselbesetzten Rändern des kurzen Weges war sie zur Frontseite des Wagens gelaufen und hatte ihr Gesicht an die Scheibe gelehnt –, wurde die hellblaue Spitzengardine beiseite geschoben und das Gesicht einer alten Frau erschien, ihr Haar weiss lodernd, und Sandra zuckte zusammen, lachte verlegen und machte beschwichtigende Gesten mit den Händen, bevor sie zu uns zurücklief. Die Miene der Frau blieb ausdruckslos. Bedrohlich, die Alte, sagte Sandra zu mir und gab ihrer Stimme einen ironischen Klang und grinste dazu, aber ich merkte, dass sie wirklich erschrocken war.

Mehr als zwei Stunden sind wir gelaufen, die Füsse im Sand und den Kopf im Wind, und eiskalt war es, trotz dicker Mütze und Handschuhen. Neben mir lief Maya, sie hatte sich untergehakt und erzählte mir von ihrer Familie, die ich zwar nicht kannte, aber interessant war es trotzdem, weil Mayas Schwester ein kleines Kind hatte und ihre Mutter sich dauernd in die Erziehung einmischte und immer, wenn das Kind bei ihr war, ihm ganz andere Dinge beibrachte als die Schwester. Maya sagte, sie wolle lieber erst mal kein Kind haben, man wisse ja auch gar nicht, ob es in eine sichere Welt kommen würde, und da sagte ich, dass ich das eine ziemlich dumme Begründung finde oder vielleicht sagte ich auch: eine alberne, oder: eine merkwürdige, weil ich ja Waage bin und keinen Ärger haben will.

In Lombardsijde gingen wir in ein kleines Café und tranken heisse Schokolade, mit Sahne obendrauf und Schokoladenpulver, und auf dem Tellerrand lag für jeden ein Butterkeks. Sabine sagte, dass das sicher achthundert Kalorien seien, die wir da trinken und essen würden. Sie selbst rührte in einem Holundertee. Zurück gingen wir nicht zu Fuss, sondern nahmen die Strassenbahn, und als wir in dem ruckelnden Waggon sassen, las Stefan ein Schild vor, das über einem der Fenster angebracht war und auf dem stand, dass sich seit der Einführung der Strassenbahnlinie im Jahre 1885 die bescheidenen Polderdörfer entlang der flämischen Küste zu regelrechten Tourismusmagneten entwickelt hätten und dass Middelkerke, Westende, Lombardsijde und Koksijde gemütliche und vor allem kinderfreundliche Badeorte seien. Weil Winter war, merkten wir von den Touristen nicht so viel, und das war auch ganz gut so.

Am Abend war Silvester, und weil keiner von uns gerne kochte, hatten wir einen Raclette-Ofen von Sabines Eltern mitgenommen und einen halben Käselaib, den wir nun in das silberne Gestell klemmten und von oben her schmelzen liessen. Am Anfang musste man ein bisschen warten, bis die erste Schicht Käse so weich war, dass man sie abschaben konnte, aber dann ging es plötzlich sehr schnell, und kaum hatte man eine Portion gegessen, mit Kartoffeln und sauren Gurken und Bündnerfleisch dazu, musste man schon wieder den Teller hinhalten und Sabine schabte eine neue Schicht Käse ab. Weil sie irgendwann auch ass, haben wir den Käse eine Zeit lang vergessen, und als wir das nächste Mal hinschauten, hatte er bereits angefangen, Blasen aufzuwerfen und an seinem eigenen Laib hinunterzulaufen.

Wir tranken Weisswein und Champagner und zehn Minuten vor zwölf redeten wir fast nur noch von den restlichen zehn Minuten, eine Minute vorher fingen wir an zu zählen. Als es dann zwölf Uhr war, wusste niemand so recht, wen er zuerst küssen und umarmen sollte, und darum nahm jeder die Person, die am nächsten sass, in den Arm, und bei mir war das Stefan, der sich aber sicherlich über meine Schulter weg nach Sandra umschaute, wie ich es dann auch tat, und darum sahen wir wohl beide, wie Sandra Paul umarmte und ihn auf die Wangen küsste. Dann küsste ich Sabine und Maya und Mirco. Schliesslich Sandra und ganz zum Schluss Paul, aber ich drehte meinen Kopf so zur Seite, dass er nur meine Ohren küssen konnte.

Später haben wir getanzt, zu REM, zu U2, zu Sheryl Crow und Eric Clapton. Und Sandra hat sich in die Töne gelegt, ihre Haare haben im Licht der Deckenlampe geschimmert, ihre Augen schloss sie manchmal und bestimmt dachte sie dabei an Paul. In unserem Zimmer, auf meinem Bett, haben wir uns dann verlobt, aber das war ja nur ein Spass von Sandra gewesen und nicht ernst gemeint.

Nachher hat Paul mich gefragt, ob ich mit ihm kurz einen Spaziergang machen würde, frische Luft schnappen, es sei so heiss und stickig hier. Ich habe auf Sandra und Maya und Sabine geschaut, die zusammen eine Art Polka tanzten: Immer wieder hakten sich zwei von ihnen unter und drehten sich umeinander, manchmal fassten sich auch alle drei an den Händen und hüpften im Kreis, obwohl das zur Musik gar nicht passte. Als ich Sandra ansah, ihr lachendes Gesicht mit dem offenen Mund, fast eine Grimasse, wusste ich plötzlich, dass sie nur für Paul so wild tanzte, mich hatte sie schon vergessen, und darum ging ich mit Paul ein paar Schritte nach draussen und hörte mir an, was er sich für das neue Jahr vorgenommen hatte. Dass auch ich darin vorkam, machte mir Angst, aber es freute mich auch. Sobald ich an Sandra dachte, war es ein bisschen wie ein Rausch. Und vielleicht war es deshalb, dass ich ja sagte, als Paul mich fragte, ob ich ihn mag, und ja, als er fragte: Auch mehr?; dabei war ich da gar nicht so sicher gewesen, aber ich dachte an Sandra und wie sie tanzte mit den anderen, nur für Paul, und da habe ich genickt und gesagt: Ja, auch mehr.

31

Interessanterweise haben sie um die Mauer der Münsterplattform herum Netze aufgespannt. Ungefähr sechs Meter könnte man fallen, bevor man von so einem Netz aufgefangen würde. Ausserdem gibt es grelle Scheinwerfer, die einen direkt anstrahlen, wenn man über die Brüstung hinabschaut, so dass es in den Augen schmerzt. Sie wurden installiert, weil man annimmt, dass jeder, der runterspringt, zuerst einmal sehen will, wohin er springt, damit er nicht auf ein Auto fällt, in Brennnesseln oder Rosensträucher, obwohl das ja vielleicht auch nicht mehr von Bedeutung ist, wenn man sich umbringen will. Eigentlich würden die Netze genügen, aber in Bern gibt es noch dazu Scheinwerfer.

Von Patrick weiss ich, dass die Netze und Scheinwerfer angebracht wurden, nachdem sich zu viele Leute von der Münsterplattform hinabgestürzt hatten, direkt vor die Füsse der Menschen, die unterhalb der Plattform wohnen, in Wohnungen mit bunten Blumentöpfen auf der Fensterbank und Briefkästen aus bemaltem Blech und vielen Kindern und Fahrrädern mit Anhängern dran.

Also kein Trost im Hinterhalt mehr. Zum Sterben kommt hier keiner mehr hin.

Jetzt, da es schon kalt geworden ist, sitzen die meisten auf den Bänken, nicht wie im Sommer auf den Wiesen, doch die Luft ist auch heute von dem süssen Geruch des Marihuanas schwer.

Vom Kulturamt habe ich immer noch keine Antwort, aber anrufen mag ich nicht, und zu Hause warten will ich auch nicht, und darum bin ich in die Stadt gegangen und habe mir eine Zeitung gekauft, im ‹Ringgenberg› einen Kaffee getrunken und dabei die Inserate durchgeschaut, ob jemand gebraucht würde, der sich auskennt in Theaterwissenschaften oder der in einer Werbeagentur Texte für Kaffeemaschinen und

Kandiszucker geschrieben hat, aber es wurden fast nur Informatiker und Sekretärinnen gesucht. Am liebsten würde ich den ganzen Nachmittag hier sitzen bleiben, abwechselnd aus dem Fenster schauen und dann wieder in der Zeitung lesen, doch der Kellner blickt mich seit etwa einer Stunde immer wieder so forschend an, dass ich mich nicht mehr getraue, noch einmal nur einen Kaffee zu bestellen, ohne etwas dazu zu essen, und darum packe ich meine Sachen ein, bezahle und gehe zum Ausgang, und gerade als ich rauskomme, sehe ich eine Strassenbahn vorbeifahren, in der Sandra sitzt.

Sicher bin ich natürlich nicht, ob es tatsächlich Sandra war. Seitdem ich weiss, dass sie wieder manchmal in der Stadt ist, habe ich sie schon ein paar Mal gesehen, aber immer wenn ich näher rangegangen bin, ist sie es dann doch nicht gewesen, wer weiss, vielleicht war es diesmal auch eine Täuschung.

Einmal war ich ganz sicher gewesen, dass sie es war, die da zwischen den Ledertaschen im Kaufhaus stand, immer mal wieder eine Tasche in die Hand nahm, einmal sogar an einer roch, wahrscheinlich um zu sehen, ob es sich um Leder handelte. Ich habe sie beobachtet, und gerade als ich hingehen wollte, mit flatterndem Herzen, hat sie sich zu mir umgedreht, und da habe ich ihr Gesicht gesehen und gemerkt, dass nur die Haare ähnlich waren und vielleicht auch das Profil ein wenig, von vorne aber sah die Frau ganz anders als Sandra aus, und viel älter war sie auch. Wenn ich über den Kornhausplatz gehe, stelle ich mir oft vor, Sandra sehe mich über den Zebrastreifen laufen, und dann hoffe ich, dass ich nicht strauchle und mir der Wind nicht alle Haare ins Gesicht bläst.

Bern ist eine so kleine Stadt, dass man sich dauernd begegnet und besonders begegnet man Leuten, die man nicht treffen möchte, aber wenn man sich plötzlich gegenübersteht, sagt jeder: Hallo, und: Ihr auch hier?, und: Wie gehts?, mit einer freudig überraschten Stimme, und man steht dann so eine Viertelstunde oder länger, weil man nicht wagt aufzubrechen und immer meint, man müsse noch etwas miteinander besprechen, dabei will der andere vielleicht schon längst weiter und weiss auch nur nicht wie.

Dass man sich dauernd begegnet, war das Erste, was mir auffiel, nachdem ich nach Bern gezogen war. Nur einmal hat mich jemand gefragt, warum ich weggegangen sei aus Deutschland, und da habe ich gesagt, weil ich Bern immer so schön gefunden hätte und die Schweizer so freundlich, dabei war ich noch nie zuvor in der Schweiz gewesen, und auch nur einen einzigen Schweizer hatte ich bis dahin kennen gelernt, Mario, in Spanien, und damals hatte ich mich mit meinen Freundinnen über seinen Akzent lustig gemacht und über seine Versuche, spanisch zu reden.

Weggegangen aus Deutschland bin ich aber aus einem anderen Grund: weil ich an das Gesetz des Meeres glaube. Ich habe das Paul mal vor ein paar Jahren so erklärt: Dieses Gesetz bezeichnet den Umstand, dass es auch bei Menschen so was wie Gezeiten gibt; mal muss man nah sein und mal weit weg, und manchmal braucht man von allem Abstand und muss sich ein bisschen zurückziehen, von der Familie, den Freunden und der Stadt, die man gut kennt. Aber weil diese Wahrheit zu banal gewesen wäre, habe ich sie nicht ausgesprochen und vielleicht kommt mir die ganze Sache nur deshalb heute in den Sinn, weil ich gerade wieder so ein Fernweh fühle, ganz langsam kommt es heran und macht, dass ich manchmal im Gehen innehalte, weil ich den Eindruck habe, ich müsste jetzt eigentlich woanders sein, und dann vergesse ich fast, wohin ich gerade gehen wollte. Ich sehe die Häuser an und denke an Kopenhagen, Amsterdam oder Boston, und ich stelle mir vor, ich wäre jetzt dort, und die Kramgasse wäre eine fremde Einkaufsstrasse und das Stimmengewirr um mich herum wäre dänisch oder holländisch oder ein seltsamer amerikanischer Akzent, und für einen Moment sehe ich alles mit fremden Augen und bewundere die anderen Menschen, weil sie dazugehören und ich nicht, noch nicht. Aber bald werde auch ich eine von ihnen sein, und darauf freue ich mich, auch wenn ich weiss, dass ich dann sicher nicht mehr lange bleiben möchte.

32

Keine einzige Karte hat mich von Bruno erreicht, seit er bei mir gewesen ist, und obwohl ich ja wusste, dass es nicht auf immer so gehen würde – jeden Morgen eine neue weisse Karte in meinem Briefkasten –, bin ich nun doch etwas enttäuscht. Vielleicht habe ich mich deswegen so gefreut, als er heute anrief und den Vorschlag machte, am Abend nach Bern zu kommen, ja, gerne, sagte ich sofort, obwohl ich doch eigentlich mit Nelly ins Kino gehen wollte.

Als ich ins Restaurant komme, sitzt er schon an der Bar. Im Spiegel, der gegenüber den Barhockern hängt, sieht er mich näher kommen. Er lächelt mir zu und ich ihm, und ich lege meine Hand in seinen Nacken und schiebe mein Gesicht von der Seite an seines heran, um ihm einen Kuss zu geben, und dabei beobachte ich uns beide. Bruno legt seine Hände um meine Taille, eine vorne, eine hinten, und bleibt sitzen, ich stehe zwischen seinen Beinen. Dann werden wir zu unserem Tisch geführt, und hier brennt bereits eine Kerze, auch das lauwarme Brot wird gleich gebracht und der Kellner hält uns die grossen roten Karten hin, weinrot wie der Dôle, den wir bestellen und mit dem wir anstossen, ein bisschen feierlich, und Bruno sagt, wie jung du aussiehst, weil mein Gesicht vom Wein gerötet ist. Am Nachbartisch sitzen zwei Ehepaare, und es macht uns Spass zu sehen, wie die beiden Männer herüberschauen und sich offensichtlich fragen, wie es kommt, dass Bruno, der doch so alt ist wie sie, hier mit mir sitzt, und als ich zur Toilette gehe, hält mich Bruno leicht am Arm zurück und sagt, küss mich, und ich tu es, für ihn und für die anderen.

Ich hatte erwartet, dass Bruno mit zu mir kommen würde, aber er schlägt vor, erst ein bisschen mit seinem Auto herumzufahren und dabei zu plaudern, ich kann das immer gut, im Auto reden, sagt er, und ich sage, okay, fahren wir. Den Aargauer Stalden beim Bärengraben fahren wir hinauf, dann stadtauswärts Richtung Ostermundigen, ich lenke den Wagen, weil Bruno mich darum gebeten hat, und er sitzt fast bewegungslos auf dem Beifahrersitz, seine Hände im Schoss gefaltet, und sagt kein Wort. Wo lang?, frage ich, aber er sagt bloss, einfach drauflos, und als wir bereits zwanzig Minuten gefahren sind, ohne miteinander zu reden – nur der Musik im Radio haben wir zugehört und manchmal fragte ich wieder, wo lang?, worauf Bruno immer sagte, wohin du willst –, frage ich ihn, worüber wolltest du reden? Und Bruno fragt: Kannst du eigentlich lieben? Hast du ein Herz?

Ich weiss wirklich nicht, was Bruno erwartet, wenn er mir so eine Frage stellt, und darum sage ich zu ihm, warum fragst du so was, was willst du denn?, aber Bruno schaut mich gar nicht an und wiederholt nur seine Frage, ob ich ein Herz habe. Vor uns liegt ein Bahnübergang, die Schranken sind oben, ich stelle den Wagen mitten auf die Gleise und sage zu Bruno: Ich weiss auch nicht, ob ich ein Herz habe, vielleicht, vielleicht auch nicht. Bruno sagt: Fahr los! Aber ich habe keine Lust zu fahren und bleibe lieber stehen, auch noch, als hinter uns ein Auto kommt, das hupt, und auch noch, als der Fahrer uns überholt und sich mit dem rechten Zeigefinger an den Kopf tippt und Bruno ruft, was soll das?, obwohl ja gar kein Zug kommt, und wenn einer käme, würden wir es schon früh genug hören. Bruno greift nach dem Lenkrad, er will hinüberklettern und mich von meinem Platz verdrängen, und weil mich das nun doch ärgert, ziehe ich mit einer schnellen Bewegung den Autoschlüssel aus dem Zündschloss, öffne die Tür und schmeisse den Schlüssel raus. Bruno schreit auf, er reisst so sehr an meinem Arm, dass es schmerzt, aber das ist ihm egal; er stürzt aus dem Auto und fängt an, nach seinem Schlüssel zu suchen, dabei liegt der gar nicht weit weg von uns am Strassenrand, neben einem Gully, also knapp war das schon, aber Bruno ist so aufgeregt, dass er den Schlüssel nicht sieht, obwohl der im Laternenlicht silbern funkelt, und dann schreit er mich an, dass ich ihm helfen soll, aber ich bleibe sitzen, denn wenn ich kein Herz habe, habe ich ja auch kein Mitleid, nicht wahr?

Erst nach ein paar Minuten, als Bruno immer wütender wird und ich auch langsam nervös werde, weil ich ja den Zugfahrplan nicht kenne, und überfahren werden will ich denn ja auch nicht, schon gar nicht mit Bruno, steige ich aus, gehe zum Gully und hebe den Schlüssel auf. Bruno reisst ihn mir aus der Hand, springt in seinen Wagen und eigentlich hätte ich gedacht, dass er ohne mich wegfährt, aber als er den Motor schon angelassen hat, stösst er die Beifahrertür von innen auf und ruft, steig ein, bevor ich es mir überlege. Im Auto dann kann er es immer noch nicht fassen. Was mir da eingefallen sei, will er wissen, und ob ich so was öfter mache, gemeingefährlich sei das ja, und vielleicht liegts am Wort ‹gemeingefährlich›, das ich nicht mag, auf jeden Fall bitte ich ihn, kaum dass wir in Bern angekommen sind, anzuhalten und steige aus, ohne noch etwas zu sagen.

Bis zu meiner Wohnung brauche ich eine Dreiviertelstunde, und während ich laufe, überlege ich, warum Bruno wohl denken könnte, ich habe kein Herz, wo ich doch ganz sicher eines habe, auch im übertragenen Sinne, meine ich, so was wie eine empfindsame Seite in mir gibt es bestimmt, wie wäre es denn sonst möglich, dass es manchmal so wehtut, wenn ich etwas verliere, was mir lieb ist, umso mehr, wenn ich selbst daran schuld bin.

33

Es war nichts passiert, damals, in Belgien. Vielleicht zehn Minuten hatten Paul und ich draussen gestanden, Paul hat erzählt und ich habe die meiste Zeit zugehört und genickt, dann ging die Tür auf und Sandra stand im hellen Rechteck und rief, ach, da seid ihr beiden ja, ich habe schon nach euch gesucht, und dabei lachte sie, als hätte sie uns ertappt, wie wir eine Überraschung für ihren Geburtstag planen. Komm, Inga, hat Sandra gesagt und mich untergehakt, und auf der anderen Seite hat sie sich bei Paul eingehängt, aber weil wir so nicht durch die Tür gehen konnten, habe ich Sandra losgelassen. Paul liess sie aber nicht los, der hielt sie weiter fest, und in der Tür, als sie sich beide lachend und ein bisschen stolpernd hindurchzwängen wollten, drehte sich Paul zu mir um, mit ernstem Gesicht, dann löste er seinen Arm aus der Unterklammerung, legte ihn um Sandras Schultern, und als sie überrascht zu ihm aufblickte, gab er ihr schnell einen Kuss auf die Wange.

In der Nacht hat Sandra nicht mit mir über all das gesprochen, vielleicht war sie glücklich, aber kann auch sein, dass sie gespürt hat, wie wenig ernst es Paul mit ihr war, und darum hat sie vielleicht erst recht nicht mit mir sprechen wollen, denn schwach wollte sie sicher nicht sein. Mich klein fühlen hatte Sandra mal gesagt, ziemlich bald, nachdem wir uns kennen gelernt hatten, in einer Phase, wo man sich dem anderen noch erklärt, mich klein fühlen ist das Letzte für mich, das Allerschlimmste. Daran musste ich jetzt denken, als sie da im Nachbarbett lag und gleichmässig atmete, aber ob sie schlief, weiss ich nicht. Ich blieb lange wach in dieser Nacht, weil ich immer an Paul dachte und daran, wie er mit Sandra durch die Tür gegangen war und wie er sie umarmt und dann geküsst hatte. Und als ich merkte, wie eifersüchtig ich war, da glaubte ich, dass es mir dabei um Paul ging.

Am nächsten Tag fuhren wir nach Hause, und vielleicht lag es daran, dass wir alle ein bisschen zu viel getrunken hatten am Vorabend oder wir waren einfach etwas müde oder hatten genug voneinander, auf jeden Fall haben wir wenig gesprochen, und die meisten haben während der Fahrt vor sich hin gedöst. Nur Mirco war guter Laune, er legte eine Kassette nach der anderen ein und sagte immer, wenn ein Band zu Ende gelaufen war, dass der DJ wieder tätig werden müsste, und einmal, als er versehentlich eine Kassette mit Volksmusik eingelegt hatte, schrie er, kill the DJ, und alle sind erwacht und haben gelacht und Mirco sagte, ich will nicht mehr fahren, und darum ist dann Sabine gefahren, immer nur hundertzehn, weil der Wagen sonst zu viel Benzin verbrauchen würde. Stefan, der neben ihr sass, versuchte zu schlafen und vermied es, wenn er wach war, in Sandras Richtung zu schauen.

Vier Tage sah ich Sandra nicht nach diesem Silvesterfest. Dann kam Paul zu mir. Und spätabends, fast schon in der Nacht, stand Sandra vor der Tür, vom Regen wie aufgeweicht, die blonden Haare strähnig um den Kopf, ihr Gesicht nass und rot. Aus ihrer Jackentasche holte sie einen Brief und hielt ihn mir vors Gesicht, von Paul, schrie sie, so laut, dass ich dachte, gleich geht das Gebell los, vom Pudel unten, und Sandra sagte, Paul habe ihr geschrieben, dass er mich liebe, dich, rief sie, nicht mich, und ihre Stimme hatte sie wie zur Anklage erhoben. Dass ihm alles Leid tue, habe er geschrieben, auch und vor allem, wenn er irgendwas getan habe, was ihr vielleicht andere Eindrücke vermittelt habe. Sandra weinte und sagte, das tust du nicht, oder, Inga, du fängst doch nichts mit ihm an? Und dann weinte sie noch heftiger und sagte, aber wenn du ihn auch liebst, dann kann ich natürlich nichts verlangen, nur sehen möchte ich dich nicht mit ihm, nur das nicht. Ich zog Sandra in die Wohnung, dumm war das, aber was hätte ich tun sollen, dauernd ging mir der Pudel im Kopf rum, und dass der gleich bellen würde und alle im Haus das hier mitbekämen. Ich nahm Sandra in den Arm, sie lehnte sich an mich, und ich musste auch ein bisschen weinen, weil ich doch wusste, dass Paul in meinem Schlafzimmer lag und wie gemein ich eigentlich war. Zu Sandra sagte ich: Nein, keine Angst, ich lieb den doch nicht, in dem Moment habe ich es wirklich so gemeint. Und als Sandra mit einem Mal im Schluchzen innehielt und einen kleinen Schrei ausstiess, dünn und ganz hoch, schaute ich sie an, folgte ihrem Blick und sah die braune Ledertasche von Paul auf dem Boden stehen, seine schwarzbraunen Schuhe und seinen Regenschirm, auf dem in weisser Schönschrift ‹Stadttheater Bern› stand. Sandra drehte sich von mir weg, rannte aus der Wohnung, die Treppen runter, fast wäre sie gestolpert, ich konnte hören, wie sich ihre Füsse im Takt vertaten und das streifende Geräusch, das ihre Regenjacke machte, als sie sich am Geländer abfangen musste. Unten fiel die Türe ins Schloss und dann war alles still.

Paul sagte: Das musste wohl sein, irgendwann wäre es ja eh rausgekommen. Er setzte sich neben mich auf das Sofa, legte eine Hand auf mein Knie und einen Arm um meine Schulter und dann küsste er mich, auf die Wange, fast so, wie er Sandra vor ein paar Tagen geküsst hatte, und ich wollte das nicht, aber er küsste mich immer wieder und dann kochte er mir einen Kakao und sagte, ruf morgen bei ihr an oder ich kanns ja versuchen, und ich sagte, nein, das mach ich selbst.

Ich habe es ja vorher schon gewusst, dass Sandra nicht mit mir sprechen wollte. Aber am nächsten Tag habe ich es trotzdem versucht, und sie nahm ab und nannte ihren Namen, aber als ich sagte, ich bins, Inga, hat sie aufgelegt, einfach so, ohne ein Wort. Später am Abend habe ich noch mal bei ihr angerufen, und diesmal blieb sie etwas länger dran, aber nur, um mir zu sagen, dass sie mich nicht sprechen wolle, nie mehr, und dass ich sie in Ruhe lassen soll. Als dann nach einer halben Stunde Paul zu mir kam, direkt von den Proben, wo ich ihn angerufen hatte, weil ich dachte, allein sein, das kann ich jetzt nicht, nahm er mich in die Arme und kochte mir etwas, dann brachte er mich ins Bett und las mir vor, aus Prousts ‹Auf der Suche nach der verlorenen Zeit›, doch das war keine gute Idee, weil ich dauernd an Sandra denken musste und darum weinte.

Nach ein paar Tagen habe ich Sandra einen Brief geschrieben, ich habe versucht zu erklären, wie das kam, dass ich mich so plötzlich in Paul verliebt hatte, wo ich das doch am Anfang selbst nicht gedacht hätte, und ich habe ihr auch geschrieben, dass mir das alles sehr Leid tue. Wenn du willst, habe ich geschrieben, verlass ich ihn, auf der Stelle, ich würde ihn dir geben, wirklich.

Sandra hat mir zurückgeschrieben, dass sie keine Almosen von mir brauche, und uns viel Glück gewünscht, aber ohne mich, schrieb sie, verstehst du, ohne mich, und auch wenn es irgendwann vorbei sei, wolle sie mich nicht mehr zur Freundin haben. Da habe ich verstanden und ihr nur noch einmal an ihrem Geburtstag geschrieben, als Paul und ich schon fast ein Jahr zusammen waren, vielleicht ist Gras drüber gewachsen, dachte ich, aber die Karte kam zurück, weil Sandras Adresse nicht mehr stimmte, und danach habe ich mich bemüht, nicht mehr an sie zu denken.

34

Heute Abend gehe ich ins Kino, alleine, weil niemand Zeit hat. Nelly ist mit Philipp unterwegs, wahrscheinlich fahren sie in seinem Taxi herum und er erklärt ihr die Welt, und vielleicht verliebt sie sich dabei wieder in ihn, obwohl sie da bereits weiss, dass sie genau das nach spätestens zwei Wochen bereuen wird. Auch Patrick hat keine Zeit, er wollte mir heute am Telefon nicht sagen weshalb, aber wenn er so geheimnisvoll tut, kann das nur bedeuten, dass eine Frau dahinter steckt. Seit seinem Konzert im ‹Landhaus› und unserem anschliessenden Abstecher in den Garten ist unsere Beziehung in manchen Momenten ein bisschen heikel geworden. Vielleicht hätte ich es doch lieber lassen sollen, ihn zu küssen, wahrscheinlich fühlte er sich ein wenig überrumpelt von mir, aber an diesem Abend hatte ich einfach Lust auf ihn, auch wenn ich ihn sonst eher schwesterlich betrachte.

Selbst Susanne, meine frühere Kollegin aus der Agentur, hat mir eine Absage erteilt, aber immerhin konnte ich hören, wie Leid ihr das tat. Sie schien sich wirklich darüber zu freuen, dass ich mich bei ihr meldete, so lange habe ich nichts von dir gehört, sagte sie, und dass es oft in meinen Ohren geklingelt haben müsse, weil sie häufig an mich gedacht habe, und ich bekam sofort ein schlechtes Gewissen, weil sie ja immerhin schon die Dritte war, die ich an diesem Nachmittag anrief. Meine Eltern kommen heute Abend zu Besuch, sagte Susanne, sie wollen endlich Markus, meinen Freund, kennen lernen. Sie sind so neugierig. Sie lachte. Gehts dir gut?, hat sie gefragt, und ich habe gesagt, ja, und dann habe ich sie gefragt: Und du? Bist du glücklich? Mit Markus und so?, und da hat Susanne geantwortet: Ich glaube schon. Vorsichtig sagte sie das, als wollte sie mich schonen. Welchen Film schaust du dir denn an?, hat sie noch in den Hörer gerufen, nachdem wir uns schon verabschiedet hatten, und ich habe geantwortet: Eine Liebesgeschichte. Irgendeine.

Die Welt ist voller Liebesgeschichten, hat meine Mutter einmal zu mir gesagt, als ich fünfzehn war und unglücklich verliebt. Meine Haare hat sie mir aus dem Gesicht gestrichen, das vom Weinen warm war, viele Liebesgeschichten gibt es da draussen, hat sie geflüstert, und tatsächlich hat es mich ein bisschen getröstet, wie sie das sagte, so sicher ihre Stimme, dass ich dachte, das war nicht das letzte Mal, dass du dich verliebt hast, da wartet noch vieles auf dich. Was mir meine Mutter nicht gesagt hatte, war, dass die Welt zwar voller Liebesgeschichten ist, die meisten aber keine glücklichen sind.

In der Strassenbahn setze ich mich auf den vordersten Platz gegenüber der ersten Türe quer zum Gang. Von dort aus kann ich den Strassenbahnfahrer beobachten. Ich schaue durch das Glas, das seine Fahrerkabine von mir trennt, auf die Knöpfe, die er drückt, und sehe den schwarzen Hebel, den er bedient, wenn die Bahn anfährt, und den er nach links dreht, sobald die Bahn aus einer engen Kurve hinauskommt und schneller werden darf, wenn auch nur für kurze Zeit, denn gleich muss der Fahrer wieder abbremsen, den Hebel nach rechts umlegen, und dann nähert er seinen Mund dem von der Decke herabreichenden Mikrofon und kündigt die nächste Station an. Unzählige kleine Narben tüpfeln seine Wangen, von früher, denke ich, von der Akne, die ihn immer von den anderen isolierte, deretwegen ihn keines der Mädchen küssen wollte, wenn sie auf ihren Partys in den Kellerbars der Eltern Flaschendrehen spielten. Kaum richtete sich die Flasche auf ihn, verzogen die Mädchen ihre Gesichter, den mag ich nicht küssen, sagten ihre Mienen, und sogar die hässlichen unter ihnen nahmen sich die Freiheit, ihn um Gnade zu bitten, dass er bloss nicht darauf bestehe, immer weiter geküsst zu werden, erst auf die Hand, dann auf den Arm, die Schultern, die Wangen, den Mund; dem Spiel ein Ende machen sollte er, nicht noch mehr verlangen, dabei hatte er nicht einmal eine Zahnspange wie viele der anderen, die zuweilen Gefahr liefen, sich ineinander zu verhaken.

Seine erste Freundin hatte er, so stelle ich mir vor, erst mit neunzehn Jahren. Die Akne war abgeklungen, doch blieben die kleinen Löcher auf seinen Wangen, im Winter wurden sie hellrot und sahen empfindlich aus. Beim Küssen schloss die Freundin ihre Augen und auch er schloss seine, um nicht zu sehen, wie sich ihre ohnehin zu breiten Nasenlöcher weiteten vor Verlangen, nicht unähnlich den geblähten Nüstern eines Ponys. Vielleicht hinterliess die Spucke in ihren Mundwinkeln weisse Spuren, immer gab es da die milchigen Ränder, und auch wenn sie sie mit Daumen und Zeigefinger von Zeit zu Zeit entfernte, bildeten sie sich schnell wieder neu, denke ich mir. Als er den Eltern seine Freundin das erste Mal präsentierte, küsste er sie vorher feucht, so dass er nach dem Kuss, mit seinem Zeigefinger scheinbar liebevoll ihren Mund berührend, die Lippen unauffällig säubern konnte. Sie selbst zog Abendstimmung vor, um ihn ihren Eltern zu zeigen: In feierlich gedämpftes Licht war das Wohnzimmer getaucht, doch bat ihre Mutter ihn später in die Küche, in die stechende Helle der an der Decke angebrachten Neonröhren, wo sie ihm ein Glas Wein anbot und etwas zu essen und wo sie seine Male sah und ihn erkannte als den Gezeichneten, der er war, und mitleidig wurde ihr Blick. Die

Freundin stand daneben und sah es, und Tage später entschieden sie sich, dass sie nicht zusammenpassten.

Sein Pullover ist dunkelblau, weissblau gestreift das Hemd darunter, und über der linken Brust ist eine kleine Plakette angesteckt, bestimmt ein Namensschild, ich sehe eine Ecke des Schildes, doch lesen kann ich es nicht. In kurzen Abständen spricht er ins Mikrofon und dabei variiert er seine Aussagen: Mal nennt er erst, als wir bereits stehen, den Namen der Station, mal kündigt er schon fünfzig Meter vorher die kommende Haltestelle an, nicht nur den Namen derselben nennt er dann, sondern in ganzen Sätzen meldet er unsere Ankunft, freundlich klingt dann seine Stimme, obwohl er das gleiche Fahrziel schon oft genannt hat an diesem Tag, an dem er die Stadt in immergleichen Schlaufen durchzog. Manchmal schaut er aus den Augenwinkeln in mein Gesicht, unbehaglich, als ahnte er, dass ich ihn beobachte. Er hat schöne Augen, mit langen, dunklen, ein wenig flatternden Wimpern. Ich sehe dann schnell geradeaus, mein Blick geht auf die Strasse, die vor uns liegt, erst wenn er mich vergessen hat, betrachte ich ihn wieder. Seine Fingerspitzen sind glatt und rund, die Nägel wirken wie poliert, wäre da nicht der linke Daumen, dessen Nagelhaut eingerissen ist, versehrt, wie von ausdauerndem Beissen in die immer gleiche Stelle, abends vor dem Fernseher vielleicht, wenn es wieder einmal zu viele schöne Männer zu sehen gab, Männer, die immer schon schön waren und auf die der Flaschenhals früher gerne zeigen durfte.

Mein Schaffner ist nicht verheiratet, weder an der rechten noch an der linken Hand trägt er einen Ring, aber links neben dem schwarzen Hebel, zwischen den verschiedenen Knöpfen, von denen ich ihn nur zwei benutzen sehe, steht ein Marzipanschweinchen, eingepackt in Zellophan. Das Schwein muss an der Schaltfläche befestigt sein, sonst würde es in den Kurven hin- und herrutschen, vielleicht befindet sich unter seinem Bauch ein Magnet, so dass mein Schaffner es immer mit sich nehmen kann, von Bahn zu Bahn. Die weissen Augen mit den schwarzen Pupillen blicken nach unten, es ist ein lächelndes Schwein, die Ohren sind nach vorne umgelegt, das Rosa seines Marzipanleibes ist schon ein wenig grau geworden, sicher war es ein Geschenk, ein Maskottchen zum Neujahrstag, also fast ein Jahr ist es alt, und das klebrige Edelmarzipan ist bestimmt nicht mehr geniessbar, seit Monaten schon nicht mehr. Das weiss mein Fahrer, aber er mochte das Schwein nicht essen, nicht an Silvester und nicht in den Wochen danach, es sollte doch Glück bringen, das Glück, dass einmal die richtige Frau in seine Bahn einsteigen würde. Er sähe sie in letzter Minute über die Gleise auf seine Bahn zulaufen, ihr Blick auf die Nummer über seiner Fahrerkabine geheftet, unbedingt müsste sie diese Bahn noch bekommen, und eigentlich ärgert er sich über diese Fahrgäste, kommt doch alle zehn Minuten eine Bahn. Aber diesmal wäre alles anders. Diesmal würde er die gerade anfahrende Bahn abbremsen, ohne zu klingeln, damit die Frau sich nicht erschreckte, er würde einen der drei kleinen silbernen Hebel bedienen, mit denen er die Türen öffnen kann, und sie würde in die Bahn reinspringen, ausser Atem, doch erfreut über ihr Glück und diesen netten Fahrer, danke, würde sie zu ihm sagen, vielen Dank, durch die rechte der beiden Scheiben hindurch, die er ein bisschen geöffnet hätte, und er würde sagen, schon recht, und sie im Spiegel beobachten, und nach einigen Minuten würde auch sie in den Spiegel schauen und lächeln. Aber bis es so weit wäre, würde er das Schwein nicht verzehren, vielleicht ergänzt er es am nächsten Neujahrstag durch ein neues, noch hellrosa leuchtendes Ferkel, wer weiss.

Ich werde mir einen Liebesfilm anschauen heute Abend, eine Liebesgeschichte, wie es sie in Wirklichkeit nicht gibt. Ich werde mit den Verliebten bangen und hoffen, dass am Ende alles gut für sie ausgeht; wenn es eine Komödie ist, werde ich lachen, an manchen Stellen werde ich sicher weinen, und wenn der Abspann über die Leinwand läuft, werde ich mich für ein paar Momente noch wie unter Wasser fühlen und sitzen bleiben, solange die Musik spielt, auch wenn um mich herum die Leute aufstehen und ich die Knie anziehen muss, weil sie an mir vorbeiwollen.

35

Jetzt ist es fast fünf Monate her, dass Paul mich verlassen hat, und vielleicht wäre alles anders gekommen, wenn wir nicht wieder nach Belgien gefahren wären, zum fünften Jahrestag, sozusagen als Revival, hat Paul gesagt, Rückkehr nach Middelkerke, nur du und ich, und ich habe gleich gesagt, besser nicht, aber als er dann fragte, warum denn nicht, du hast es doch auch gern gemocht, fiel mir nichts ein, ausser, dass ich ein ungutes Gefühl hatte.

Wir durften wieder in das Haus von Stefans Eltern, und alles sah aus wie vor fünf Jahren; immer noch duckte sich das Haus vor den Dünen und das braune Ziegeldach sass wie draufgesetzt auf den weissen Mauern. An manchen Fensterläden blätterte die rote Farbe ein bisschen ab, und Paul meinte, der Couchtisch sei langsam hinüber, aber für mich sah alles genauso aus wie früher, nur dass wir jetzt gemeinsam im elterlichen Schlafzimmer schliefen, in einem grossen Doppelbett, mit Holzbeinen und einer Rückenlehne aus Holz, in die Herzen und Vögel eingeschnitzt waren.

Die ersten zwei Tage waren wir viel am Strand. Wie damals, fünf Jahre zuvor, sind wir die gleiche Strecke nach Lombardsijde gegangen, aber das Café, in dem wir mit den anderen gewesen waren, gab es nicht mehr. Wir suchten die ganze Strasse ab, und dann merkten wir, dass jetzt da, wo früher das Café war, ein Supermarkt stand, und Paul sagte, lass uns da mal reingehen, und so liefen wir den Regalen entlang, obwohl wir gerade am Vortag eingekauft hatten, aber Paul wollte möglichst alles so haben wie vor fünf Jahren, und darum kauften wir Kakaopulver, Sahne und Kekse.

Am späten Nachmittag haben wir in der kleinen Küche im Ferienhaus gekocht, Paul hat die Rezepte ausgesucht und mir die kleineren Arbeiten zugeteilt: Zwiebeln schneiden, Kartoffeln schälen, Möhren raspeln, und die ganze Zeit lief im Nebenraum das Radio, über Kurzwelle empfingen wir ein Schweizer Programm, und wir hörten Lieder, die wir beide zuvor noch nie gehört hatten, und Paul fand fast jedes Lied gut. Um fünf nach fünf begann eine Sendung, für Kinder und andere gescheite Leute, lautete der Jingle, und Paul und ich hörten zu, besonders als ein Spiel begann, das hiess ‹Was wäre dir lieber?›. Paul kannte das Spiel von früher, aber ich nicht, und vielleicht war es darum, dass ich es so furchtbar fand. Einer Gruppe von Kindern wurden Fragen gestellt wie: Was wäre dir lieber, von einem Elefanten zerdrückt oder von einer Schlange erstickt zu werden? Von einem Löwen gefressen oder von einem Skorpion gestochen zu werden?, und ich sagte zu Paul, die spinnen doch, aber die Kinder diskutierten dann ganz ernsthaft darüber, was besser wäre, erstickt, zerfleischt oder zerdrückt zu werden, und die meisten fanden das mit der Schlange den besten Tod und ich auch.

Später, beim Essen, spielten Paul und ich das Spiel weiter und ich fragte Paul, was ihm lieber wäre, blind, taub, stumm oder gelähmt zu sein, und Paul sagte nach einigem Nachdenken, taub, aber ich wäre lieber stumm gewesen. Was für ein Haustier hättest du am liebsten?, fragte mich Paul. Einen Hund, der dich beschützen würde, ein Pferd, auf dem du reiten könntest, eine Ratte, der du Kunststücke beibrächtest, einen Hamster, der durch die ganze Wohnung rennen würde und der nur mit Knäckebrot wieder einzufangen wäre, oder ein Chamäleon, das in seinem Terrarium sitzen und morgens eine andere Farbe als am Abend haben würde? Ich sagte, dass ich am liebsten ein Meerschweinchen hätte, weil die hinter den Ohren immer so gut riechen, und Paul sagte, Spielverderberin, und darum entschied ich mich für den Hamster. Wir spielten das Spiel bis zum Nachtisch, und dann fragte mich Paul: Was wäre dir lieber, ohne mich zu sein, Sandra wieder als Freundin und ausserdem wechselnde Liebschaften zu haben oder mich zu heiraten? Als ich Paul fragte, halb lachend, gibts diesmal nur zwei Möglichkeiten?, sagte er ja, und plötzlich war das alles kein Spiel mehr und ich sagte, zwei Möglichkeiten sind zu wenig, und da stand Paul auf und ging nach draussen.

Ich habe alles Geschirr weggeräumt, den Tisch habe ich mit einem feuchten Tuch abgewischt und die Blumen, die Paul gekauft hatte, habe ich in die Mitte des Tisches gestellt, die Stühle habe ich gerade gerückt, und dann habe ich eine Jacke und eine Mütze angezogen und bin rausgegangen, und gleich habe ich Paul gesehen, er hat gar nicht weit weg gestanden, gerade mal zwanzig, dreissig Meter vielleicht, und als ich bei ihm ankam, sind wir beide zum Strand gegangen, aber langsam. Wenn ich zu Paul hinschaute, blickte er nicht zurück.

Das ist dein Problem: Du bist wie das Meer, hat Paul dann zu mir gesagt und meinen Marsch über die Dünen unterbrochen, indem er mich am Ärmel meines Anoraks festhielt. Der Wind hat mir ins Gesicht geblasen, dass es brannte und ich die Bändel meiner Mütze unterm Kinn verknoten musste. Paul hat die Augen zusammengekniffen, in der Hand hielt er eine Muschel, die er ins Wasser schmiss, wo sie mit einem winzigen Geräusch versank. Genau wie das Meer, mit seinem blöden Gesetz, sagte Paul und verstanden habe ich da gar nichts, aber Sorgen machte ich mir, um Paul, und es war kalt und ich wollte zurück ins Warme.

Paul hatte sich von mir abgewandt, die Hände in die Taschen seiner Jeans gesteckt und mit sturem Blick geradeaus geschaut, als gäbe es mich gar nicht mehr, und ich sagte, Paul, komm, aber er reagierte nicht, erst als ich ihn ein zweites und dann ein drittes Mal rief, hat er sich umgedreht, und wir liefen zurück zu unserem Ferienhaus.

Paul ging ins Zimmer, holte seine Reisetasche vom Schrank und fing langsam an, seine Sachen einzupacken. Während alldem sah er mich gar nicht an, obwohl ich die ganze Zeit auf dem Bett sass, direkt neben seiner Tasche, und kleine Fädchen aus der hellblauen Tagesdecke zupfte. Einmal sagte ich, Paul, bleib doch, aber er hat nur den Kopf geschüttelt und gesagt, du bist doch schuld, nicht ich, und dass das doch mein Prinzip sei, nicht seins, nie richtige Nähe, immer bleibe der Rückzug.

Paul ist dann doch nicht gegangen, aber er hat in einem der Kinderzimmer übernachtet, neben sich die Reisetasche, und am nächsten Morgen muss er mit dem ersten Zug nach Hause gefahren sein, auf jeden Fall war er nicht mehr da, als ich aufwachte, aber der Kaffee in der Kanne war noch lauwarm.

Ich bin später allein an den Strand gegangen und dabei habe ich gedacht, dass es schön wäre, das Meer einmal im Sommer zu sehen, aber vielleicht wären dann zu viele Leute da und man könnte nicht mehr beobachten, wie sich das Wasser langsam zurückzieht, um dann wie zögernd wieder heranzukriechen. Als am Nachmittag Ebbe war, konnte ich ein ganzes Stück vorlaufen, unter mir knirschten manchmal Muscheln, aber es waren keine besonderen dabei, keine, die man sammeln und zu einer Kette auffädeln will. Da, wo das Wasser sonst brandete, sah man nur weisse Linien im Sand, in unverbindliche Ferne hatte sich das Meer zurückgezogen.

Weit draussen brachen sich die Wellen, und wollte man das Wasser erreichen, hätte man in direkter Bahn darauf zurennen müssen, die Arme ausgebreitet: Ich komme! Bist du es nicht – ich bin entschlossen! Deine Untiefen können mich nicht schrecken, mich nicht! Ich habe keine Angst!

Aber wer will das schon?

Als ich fünf Tage später nach Hause fuhr, im alten Golf von Paul, hörte ich Radio, wieder machten sie das Spiel und diesmal ging es darum, welche Naturkatastrophe man bevorzugen würde. Ich bin dann direkt zu Paul gefahren und wir haben uns versöhnt, und ich habe zu Paul gesagt, dass ich ihn lieber heiraten als verlieren würde, aber eigentlich weder noch, eigentlich soll alles so bleiben wie bisher, sagte ich, und Paul nickte und meinte, dass das besser sei als nichts.

36

Patrick ist besessen von der Idee, die Menschen je nach den vorherrschenden Körpersäften in vier Kategorien einteilen zu können, und es nützt gar nichts, dass ich ihm sage, er gehe damit zurück ins Mittelalter, in die mittelalterliche Kosmologie mit ihrem geozentrischen Weltbild und der Vorstellung, dass alle Planeten ausser der Erde in Kristallschalen stecken, die sich um die Erde drehen und dabei sphärische Musik erzeugen, und dass die Welt aus vier Elementen besteht und der Mensch aus vier Substanzen, die seinen Charakter ausmachen. Das ist fast so schlimm wie Astrologie, sage ich und Patrick meint, ich sei eine Ignorantin in diesen Dingen.

Nelly zum Beispiel, sagt Patrick und zeigt mit seinem Löffel auf Nelly, die neben uns sitzt und ihre Spaghetti auf die Gabel dreht, ist eindeutig eine Sanguinikerin. Bei ihr herrscht das Blut vor, sanguis, sie ist lebenslustig und nimmt alles leicht. Nelly hat mit dem Aufdrehen ihrer Spaghetti aufgehört und schaut Patrick an, sie überlegt ein bisschen, dann nickt sie und lächelt und sagt, wusst ichs doch. Sabine hingegen, sagt Patrick und wir schauen alle auf Sabine, die abwartend im Essen innehält, ist wohl eher eine Phlegmatikerin. Phlegma, das ist der Schleim und da darfst du jetzt nicht beleidigt sein, Sabine, aber der Phlegmatiker ist so ein bisschen der träge Typ. Sabine protestiert, von wegen träge, sagt sie und zählt auf, was sie an Sport macht und wie schnell sie ihr Studium fertig hatte und solche Sachen, aber ich schaue Nelly an und Nelly lacht mir zu, und wir beide sind uns einig, dass Sabine wirklich ziemlich lahm ist und langweilig auch. Bei dir, Inga, weiss ichs nicht so genau. Patrick denkt nach und ich bin mir gar nicht sicher, dass ich hören will, was ich bin, aber er spricht schon weiter: Ich würde sagen, eine Mischung aus Melancholikerin und Cholerikerin, das heisst, bei dir gibts cholon, die Galle, die dir manchmal hochkommt, aber auch melan cholon, die schwarze Galle. Ich weiss echt nicht, was eher gilt für dich. Ich antworte Patrick, dass ich beides nicht sehr gut fände, und eigentlich sei ich doch eine Sanguinikerin, so wie Nelly, sage ich und schaue Nelly an, aber die schüttelt den Kopf, leicht nimmst dus echt nicht, und darum sage ich nichts mehr und versuche nur, möglichst heiter weiterzuessen, denn wenn ich mich jetzt davon runterziehen lasse, sagen die anderen erst recht, dass ich eine Melancholikerin sei, und wütend darf ich auch nicht werden, denn noch weniger gern als melancholisch möchte ich cholerisch sein.

Cholerisch. Bei dem Wort muss ich an meinen Grossvater denken, der manchmal, wenn wir sonntags zu Besuch waren, zum Essen mit anschliessendem Spaziergang, und ich machte Lärm oder mochte nicht essen oder das Essen war nicht gut geworden oder die Rede kam aus irgendeinem Grund auf meinen Vater, solche Wutanfälle bekam, dass sein Kopf hochrot wurde und er schrie und mit der flachen Hand auf den Tisch schlug, dass das Geschirr klirrte. Meine Grossmutter lief dann immer ganz aufgeregt zum Küchenschrank und holte eine Flasche Holunderschnaps, aus der sie schnell ein kleines Glas für meinen Grossvater einschenkte, und er setzte es an, trank es in einem Zug aus, und gleich darauf schenkte sie ein neues ein, und wieder trank er, und wenn er drei oder vier getrunken hatte, hörte er auf zu schreien und bestimmte, dass wir jetzt rausgingen, manchmal setzte er noch hinzu, ich brauche Luft!, als würden wir sie ihm nehmen, und dann ging er in den Flur, nahm Hut und Mantel und Stock und wir mussten uns alle ganz schnell die Jacken anziehen und eilig hinter ihm hertrippeln.

Ich selbst, sagt Patrick abschliessend, bin eindeutig ein Melancholiker, aber ich bin ja auch Künstler, also ist das schon in Ordnung. Und da wir uns alle noch daran erinnern, wie deprimiert Patrick im vergangenen Jahr war, nachdem ihn seine Freundin Eva verlassen hatte und er die Prüfung am Konservatorium nicht bestanden hatte, widersprechen wir nicht.

Nach dem Essen gehen wir auf eine Feier, zwei Strassen weiter, bei Hubertus, einem Bekannten von der Uni, der seinen Abschluss gemacht hat, und da wir kein Geschenk haben, fahren wir noch schnell zum Bahnhof und holen im kleinen Supermarkt Sekt und eine Schachtel Pralinen. Als wir um kurz nach neun bei Hubertus ankommen, ist die Wohnung voll mit Leuten, von denen man die meisten schon einmal gesehen hat, aber manche auch nicht, und die schauen wir uns an, während wir durch den engen Flur und durchs Wohnzimmer schlendern. In die Küche gehen wir kurz, sagen hallo und Sätze wie: ‹Hey, du auch hier?›, und Patrick holt uns Bier aus dem Kühlschrank. Auch ins Schlafzimmer schauen wir, auf dem Bett sitzen drei Frauen, eine vierte hat sich auf den Boden gesetzt, im Schneidersitz, eine Flasche Weisswein zwischen ihren Beinen.

An einer Wand im Wohnzimmer hängt ein grosses Bild in Rot und Grün, und erst mit einem Abstand von zwei oder drei Metern sieht man, dass es einen Mann darstellt, der nackt auf einer Wiese liegt, mit riesigen, spinnenartigen Händen, breiten Schultern und einem kleinen, kahlen Schädel. Ich betrachte mit Nelly das Bild, und neben uns stellt sich eine Frau, unauffällig, mit schwarzen Haaren, die sie auf der rechten Seite mit einer glitzernden Klammer zurückgesteckt hat, und weil wir zusammen das Bild betrachten, müssen wir auch miteinander reden, das ist ein gutes Bild, nicht wahr? sagt sie, und ich nicke, und Nelly meint, etwas gewöhnungsbedürftig. Die Frau lacht und sagt, gut, dass ich es nicht gemalt habe, und dann erzählt sie, dass sie Künstlerin sei, und zeigt nach links, wo ein Aquarell hängt, das von ihr ist: ein Teich, Gräser drum herum. Das Moos bei Uffikon, sagt sie und erklärt, wo das liegt. Nelly sagt, entschuldigt mich, und geht, und ich weiss, dass sie keine Lust hat, weiter mit der Frau zu reden. Christine heisse ich, sagt die Frau. Ich stelle mich auch vor und wir gehen uns noch zwei Bier holen und stossen die Flaschen aneinander, dass es klirrt, und nehmen jede einen langen Schluck.

Christine trinkt erst Bier, dann Wein und schliesslich Wodka, den sie im Eisfach gefunden hat und der langsam auftaut, und je mehr sie trinkt, desto gesprächiger wird sie, und sie erzählt mir von ihrem Freund, der die falschen Drogen nimmt, und von ihren Eltern, die sie in drei Jahren nur einmal in ihrer Wohnung in Bern besucht haben, obwohl sie in Luzern wohnen, was ja nicht weit weg ist. Christine hat braune Augen, das kann ich schnell feststellen, denn sie reisst sie dauernd auf, wenn sie von Dingen erzählt, die sie im Nachhinein selbst zu verwundern scheinen, sie starrt mich an und manchmal gleitet dabei ihr rechtes Auge ab; zur Nase hin bewegt sich die braune Iris in sanftem Schwung, so dass Christine ein bisschen schielt.

Kurz nach Mitternacht mag ich nicht mehr zuhören, ich lasse den Blick schweifen und schaue nach Patrick oder Nelly, aber sie sind nicht im Wohnzimmer, und als ich mit Christine in die Küche komme, sitzt dort Patrick mit einer kleinen, blond gelockten Person zusammen, deren Hand er hält und auf die er beschwörend einredet. Christine wankt beim Gehen, mit einer Hand hält sie sich an mir fest, lehnt sich, als wir im Türrahmen stehen, an mich und blickt mich von unten herauf an. Ich glaube, ich muss mal nach draussen, sagt sie plötzlich, hält sich die Hand vor den Mund und stolpert eilig Richtung Terrasse, die Glastüre reisst sie auf, und dann hört man sie würgen. Ich gehe langsam zu ihr raus, am Rand des Beetes steht sie, den Kopf vornübergebeugt, komm, sage ich und tätschle ihren Rücken, wir gehen rein, und im Wohnzimmer steht schon Hubertus mit einem Eimer in der Hand und schlägt vor, dass wir Christine ins Schlafzimmer bringen, wo sie sich hinlegen kann. Wir stützen sie, Hubertus auf der einen, ich auf der anderen Seite, und sie hängt sich in unsere Arme hinein und lässt sich zum Bett führen. Unter die Decke, sagt Hubertus und schiebt Christine in die Bettmitte, und ich streichle ihre Haare und decke sie bis unters Kinn zu.

Neben das Bett stellt Hubertus den Eimer und dann gehen wir beide raus, aber ich schaue noch mal zurück und da sagt Christine, Inga, komm wieder her, und als ich auf dem Bettrand sitze, eine Hand in ihren Haaren, nimmt sie meine Hand und sagt, danke, vielen Dank, wirklich, Inga, du weisst nicht, was mir das bedeutet, und dabei zieht sie meinen Kopf zu sich herab, bis er an ihrem Hals zu liegen kommt, und sie hält mich eine Zeit lang fest, und der Atem wird mir knapp, so eng an ihrem Hals. Christine, sage ich und hebe meinen Kopf an, aber sie macht psst und legt ihre Hand an meine Wange und streichelt mich. Dann wird sie müde, ihr Arm sinkt herab, noch einmal umfasst sie meine Hände, aber schliesslich kann ich mich lösen aus ihrem Griff, der schlaff geworden ist, und als ich rausgehe, höre ich ihren ruhigen Atem.

Kurz nach zwei verlasse ich die Feier, Nelly kommt mit. Patrick will noch bleiben, auch wenn die Blondgelockte offenbar einen Freund hat, wie er erzählt, aber das muss nichts heissen, meint er, vielleicht lasse sich ja doch was machen. Sabine ist schon vor zwei Stunden gegangen, erzählt Nelly, eben Phlegma, sagt sie und lacht.

Draussen ist es frostig, und Nelly zieht sich ihre braune Jacke fester um die Schultern, ihren Schal wickelt sie doppelt um den Hals, und weil sie keine Handschuhe dabeihat, gräbt sie ihre Hände in die Jackentaschen. Schon wieder achtzehn Tage ist das neue Jahr alt, sagt sie, aber alles sieht so aus wie vorher, dabei denkt man doch immer: Im neuen Jahr wird alles anders, und in diesem Jahr erst, dem Beginn des neuen Jahrtausends, aber alles ist so, wie es immer war, nicht wahr? Ja, sage ich, aber doch auch anders. Nelly sagt, das ist typisch Inga, immer für einen Kompromiss zu haben, aber wo, bitte, ist was anders? Patrick verliebt sich auf jeder Party neu, du kannst nicht nein sagen, wenn dich jemand den ganzen Abend voll quatscht, und ich stosse mit fünf verschiedenen Typen gleichzeitig an, verteile an alle meine Telefonnummer und warte dann darauf, dass mich jemand anruft, der mich früher oder später doch nur enttäuscht. Also: Wo bitte ist irgendwas anders? Und da weiss ich auch keine Antwort und zucke mit den Schultern und marschiere weiter, drei Schritte vor Nelly. Als wir an einer

Baustelle vorbeikommen, lese ich das Schild davor, drehe mich zu Nelly um und sage: Das ist neu. Hier entsteht ein Bildungs- und Schulungszentrum der eidgenössischen Fachhochschule für Gestaltung. Und Nelly sagt: Na, also doch was Neues.

37

Noch acht Monate sind wir nach unserem Urlaub in Belgien zusammengeblieben, Paul und ich. Und es lief nicht schlecht in diesen acht Monaten, wirklich nicht, zumindest nicht schlechter als zuvor. Wir sahen uns zwei- bis dreimal die Woche und an den Wochenenden hatten wir immer etwas vor. Manchmal kamen Freunde zu uns oder wir waren im Theater und trafen danach noch die anderen, die Schauspieler und Regieassistenten und Praktikanten und Requisiteure; alle bewunderten Paul, und auf mich waren viele der Frauen neidisch, so brillant, so vom Erfolg geküsst fanden sie ihn, und hinter seiner kühlen Arroganz vermuteten sie mehr, aber keine von denen hat ihn näher gekannt.

Im August, mitten in der Hitze, die einem schon am Morgen das Atmen schwer machte und die Stadt wie in Glut tauchte, ist es dann passiert, dass meine Tage nicht kamen, wir haben uns verrechnet oder nicht aufgepasst, habe ich gedacht und sofort gewusst, dass ich schwanger war.

Ich hatte nicht erwartet, dass Paul sich so freuen würde; er war ganz gerührt, als ich es ihm sagte, abends, auf dem Sofa, beide hatten wir gelesen. Paul hat die Zeitung langsam sinken lassen und verwundert rübergeschaut, er war sich nicht sicher, ob das stimmte, was ich ihm sagte, weil ich es so dahingesagt hatte, so nebenbei, und ausserdem musste ich auch ein bisschen lachen dabei, obwohl es mich ja nicht glücklich machte, trotzdem, und darum fragte er, stimmt das wirklich?, und ich habe gesagt, ja, aber dass ich es nicht behalten will. Paul meinte, das sei nicht mein Ernst, warum denn nicht behalten, und dann fing er an zu erzählen, wie wir das mit dem Kind machen könnten, er war sofort bereit, weniger zu arbeiten, er würde sogar für eine Zeit ganz mit dem Arbeiten aufhören, hat er gesagt, aber ich dachte immer nur, das kann doch wohl nicht wahr sein, und sagte nein zu allem, was er vorschlug. Paul wurde immer aufgeregter und am Ende schrie er mich an, wieso nicht? Liegts an mir?, aber ich sagte weiterhin nur nein und dass ich einfach noch kein Kind haben wolle, wenn überhaupt je.

Paul ist aus dem Zimmer gegangen, in die Küche, und ich konnte hören, wie er sich Wasser in ein Glas laufen liess und es in einem Zug austrank. Als er zurück ins Wohnzimmer kam, sagte er, ich solle mich jetzt erst mal nicht aufregen, es sei wohl einfach Angst, weshalb ich so reagierte, und ich sagte, ja, vielleicht, und damit beendeten wir an diesem Abend die Diskussion.

Die nächsten zwei Tage dachte ich darüber nach, ob es nicht doch schön wäre, ein Kind zu haben, und ich sah mir all die Frauen mit ihren Kleinkindern an, wie sie sie an den Händen hielten und warteten, bis die Ampelfarbe wechselte, und die Frauen mit den Babys, die sie in grossen, beschirmten Wagen vor sich her schoben, und ich betastete manchmal meinen Bauch und einmal stellte ich mich seitlich vor den Spiegel, mit einem Hohlkreuz, und hatte den Eindruck, dass ich schon ein bisschen angeschwollen sei.

Dann rief ich Paul an, wir müssen reden, habe ich gesagt, und Paul kam, und ich merkte, es ging ihm nicht gut, aber was sollte ich tun, immer wenn ich mir vorzustellen versuchte, wie Paul, ein Kind und ich zusammenleben würden, wollte es mir nicht gelingen. Immer sah ich am Ende nur mich allein, ohne Kind und auch ohne Paul.

Paul hat sich neben mich gesetzt, ins Wohnzimmer, er hat gesagt, ich freue mich doch so, und darum musste ich es nochmals sagen: Nein, Paul, wirklich nicht, und, dräng mich nicht. Paul fragte: Liebst du mich? Und ich sagte, ja, aber eben nicht so.

Später habe ich uns Tee gekocht, und wir sassen in der Küche am Tisch, der gerade gross genug war für uns zwei, und der Tee wurde dunkel, wir mussten uns beruhigen. Dann ist Paul gegangen, und ich habe die ganze Nacht gedacht, wars das jetzt? Am nächsten Morgen hatte ich Bauchschmerzen, ich krümmte mich lange in meinem Bett und da wusste ich, dass ich nicht schwanger war. Paul ist nicht zurückgekommen, nicht in der Nacht und auch später nicht.

38

Und plötzlich ist es Frühling, obwohl du schon nicht mehr daran geglaubt hast, aber dann ist er da, und noch bevor du Krokusse siehst und Traubenhyazinthen, spürst du es an der Luft, die anders riecht und am Morgen lau ist.

Patrick hat mich eingeladen, nach Pontarlier zu fahren, noch einmal, er will alles wiederholen, was einmal schön war, aber meistens geht das nicht, nicht wahr? Nie würde es genauso schön sein, ein zweites Mal mit ihm durch die Strassen zu bummeln, und nie mehr würde ich denken, dass er sein Eis gegen ein Schaufenster drücken könnte oder dass in meiner Auster eine Perle läge.

Ausserdem habe ich einen Anruf vom Kulturamt bekommen; ab nächstem Monat werde ich bei ihnen als Sekretärin arbeiten, und ich glaube, ich sollte mich darauf ein bisschen vorbereiten und ein neues Kleid bräuchte ich auch, in Jeans kann ich dort kaum hingehen.

Katrin hat mich gefragt, ob ich auf ihre Fische aufpassen kann. Sie und ihr Tänzer fahren auf die Kanaren, Sonne tanken, hat Katrin gesagt und dabei mit den Augen gezwinkert, als gäbe es ein Geheimnis zwischen ihr und mir, und ich habe gesagt, kein Problem, und habe mir gleich am ersten Tag die Fische angeschaut und sie gezählt, weil ich es merken will, wenn einer stirbt, achtzehn Stück sind es, davon sind aber neun kleine, unauffällige Neons und nur zwei richtig schön, Schleierschwänze, Carassius auratus, ich habe nachgeschaut, im Lexikon. Wenn man das Futter auf die Wasseroberfläche streut, kommen die Fische mit geöffnetem Mund nach oben geschossen. Sie haben immer Hunger.

Heute Vormittag dann, um kurz vor halb elf, habe ich Paul gesehen. Im Supermarkt an der Ecke stand er vor dem Regal mit Süssigkeiten, er betrachtete das Sortiment an Keksen und Pralinen. Er sah aus wie immer; die Monate ohne mich hatten keine Spuren an ihm hinterlassen. Die Haare waren vielleicht etwas kürzer, doch die Hose kam mir bekannt vor, auch die dunkelblauen Turnschuhe und das rote Hemd, dessen obere zwei Knöpfe offen standen. Im ersten Moment war ich erschrocken, ihn zu sehen, dabei hatte ich es doch schon lange erwartet und war selbst oft verwundert, wenn wir uns wieder einmal nicht begegnet waren. Wie nach einem Hundertmeterlauf schlug mein Herz, dass es mir in den Ohren dröhnte und mein Atem stockte, und weil ich ihm unmöglich so gegenübertreten konnte, trat ich schnell einen Schritt zurück, verbarg mich hinter einem Turm bunter Konservenbüchsen und spähte möglichst unauffällig zu ihm hinüber.

Er hatte mich nicht bemerkt, stand immer noch da und schien nachzudenken. Das wunderte mich, und ich wollte ihm am liebsten soufflieren, dass seine Lieblingskekse die Shortbreads sind, die mit Schokostückchen. Da gab es gar keine Frage, immer hatten wir diese gekauft, in unseren Tee und Kaffee getunkt, die Flüssigkeit langsam rausgesaugt, um dann den weich gewordenen Keks auf der Zunge zergehen zu lassen wie Trüffel. Doch er hat nach anderen Keksen gegriffen: Ich konnte nicht erkennen, welche es waren, aber auf keinen Fall war es die gewohnte schwarz-rot-blaue Packung.

Es muss im gleichen Moment gewesen sein, als ich überlegte, ob die Trennung von einem Menschen den eigenen Geschmack grundlegend ändern kann, dass ich sie sah: Mit zwei Beuteln Milch in der Hand kam sie auf ihn zu, er nahm ihr einen ab, sie schmiegte sich an ihn, schaute hinauf zu ihm, stellte sich auf die Zehenspitzen und küsste ihn kurz auf den Mund. Die blonden Haare waren noch länger geworden, bis zur Mitte des Rückens hingen sie herab, nach unten heller werdend, und tatsächlich war sie etwas kräftiger geworden, aber immer noch war ihr Becken schmal. Paul legte einen Arm um Sandra und gemeinsam sind sie in Richtung Kasse gegangen. Dann waren sie aus meinem Blickfeld verschwunden.

Was weiter geschah, weiss ich nicht mehr genau, aber es muss ungefähr so gewesen sein: In plötzlicher Ermattung habe ich mich offenbar an den Turm aus Konservenbüchsen gelehnt, der – wenn auch durch einen hüfthohen Jägerzaun aus Pappe geschützt – meinem Gewicht nicht standhalten konnte und in sich zusammenbrach. Das Geräusch war unglaublich laut. Ich glaube, alle Kunden und Angestellten im Supermarkt kamen zusammengelaufen, vielleicht blieben einige Kassiererinnen vor ihrer Kasse sitzen, aber nur, weil sie nicht wegkonnten, wo doch die Waren auf dem Fliessband lagen.

Ihre Kolleginnen haben ihnen dann später sicher erzählt, wie ich meine Einkäufe auf den Boden neben die Konservenbüchsen gestellt habe, bevor ich mich, während einzelne Dosen noch weiterrollten, dem Ausgang zuwandte, den Blick auf die gläserne Front des Supermarkts gerichtet, und wie die Leute mich mit ihren Augen verfolgten und aus der klaffenden Stille ein Tuscheln anhob. Mag sein, dass manche der Kassiererinnen zu beobachten meinten, dass einer der Kunden, im Arm eine Packung Kekse und einen Beutel Milch, erschrocken in meine Richtung blickte. Er schien mich zu kennen, fast hätte man denken können, er fühle eine Schuld. Aber dass dieser Eindruck täuschte, werden wohl auch sie eingesehen haben, wenn sie sahen, wie er, der für einen winzigen Moment so schuldbewusst wirkte, als habe er mich gegen den Turm aus Konserven gestossen und dann stehen lassen, inmitten der rollenden Dosen, seine blonde Freundin küsste, direkt auf ihren sich zum Lachen verziehenden Mund.

39

Ich hasse sie. Diese elenden Strassenbahnen, die von hinten an dich herankommen, viel zu schnell für die schmalen Gassen der Innenstadt, und die erst im letzten Moment klingeln, so laut und nah, dass du stehen bleiben willst wie ein erschrockener Igel, aber das wäre natürlich genau das Falsche. Springen musst du, rennen, hinüber zur anderen Strassenseite, unter die sicheren Arkaden. Glaubst du, die würden einen einfach überfahren?, habe ich Patrick mal vor Jahren gefragt, als eine Strassenbahn klingelnd und unvermindert schnell hinter uns aufgetaucht war, und Patrick hatte spontan gesagt, nein, nie, aber als er weiter darüber nachgedacht hatte, sagte er, wer weiss, vielleicht doch, vielleicht würde so ein Tram einmal ein Exempel statuieren, und obwohl wir beide eigentlich glaubten, dass das doch ein zu grausames Verhalten für die Städtischen Verkehrsbetriebe wäre, fanden wir es nicht unmöglich. Ganz und gar nicht.

Ich laufe nicht gern unter den Arkaden, denn dort ist es immer eng und gedrängt, und die Leute, die mir entgegenkommen, schauen mir direkt ins Gesicht, ob mir danach ist oder nicht, und wenn ich nicht gerade furchtbar gut gelaunt bin, kann das ganz schön nervend sein. Kaum habe ich ein bisschen geweint, kann jeder das sehen, weil ich immer rote Flecken auf den Wangen bekomme, sobald ich nur eine einzige Träne vergossen habe; und wenn es mehr als zwei waren, dann wäre eine Sonnenbrille besser, egal bei welcher Witterung.

Dann lieber auf dem Kopfsteinpflaster der Marktgasse laufen und von ferne in die Läden hinüberschauen und zu den Leuten, die sich den Geschäften entlangdrängen und vor der Migros auf den Steinstufen sitzen, um den noch warmen Gemüsekuchen zu verzehren.

In den Läden haben sie bereits die neue Sommerkollektion ausgestellt, und ich kann von der Strasse aus sehen, dass die Kleider tief ausgeschnitten sind und alle Schaufensterpuppen Sonnenhüte tragen, die man sonst nie an jemandem sieht, weil heute keiner mehr Hüte trägt. Schade eigentlich, dass die Mode so runtergekommen ist, hatte meine Grossmutter immer gesagt, wenn ich in Jeans zu ihr kam, natürlich ohne Hut, und an einem Nachmittag im Herbst vor neun Jahren, als ich sie zu ihrem 80. Geburtstag besucht hatte und für eine Woche bei ihr, in Kassel, geblieben war, hat sie mir ihre Schnittbögen von früher gezeigt: Alles haben wir uns selbst genäht, hat sie gesagt, und dass eine Frau auch heute noch nähen sollte, das sei unerlässlich, wenn man Familie habe, damit kannst du so viel Geld sparen, meinte sie, und ich habe ihr lieber nicht gesagt, dass ich noch nie an einer Nähmaschine gesessen habe, weil dann wäre sie verzweifelt gewesen angesichts der schlechten Schulbildung und auch wegen meiner Mutter, die so viel an mir versäumt hat.

Erst ganz spät höre ich das Klingeln der Strassenbahn, und als ich mich umdrehe, ist die Bahn schon so nah an mich herangekommen, dass ich wirklich einen Moment nicht weiss, wie ich ausweichen soll. Rechts von mir laufen Leute und links fahren zwei Radfahrer vorbei, auf Mountainbikes, mit bunten Plastikhelmen auf dem Kopf, nur ich stehe hier und weiss nicht wohin. Ich schaue die Strassenbahn an, die klingelt und immer näher kommt. Gleich wird sie bei mir sein.

40

Trotzdem wäre mir natürlich nichts passiert.

Matthias meint zwar, dass er mir das Leben gerettet hat, aber das stimmt eigentlich nicht. Vielleicht hätte ich einen Schritt nach links getan und die Radfahrer wären ausgewichen, oder die Bahn hätte ruckartig angehalten, mit einem schimpfenden Fahrer hinter der Scheibe, oder ich wäre nach rechts zwischen die Menschen gesprungen. Aber für Matthias muss es so ausgesehen haben, als ob ich wie versteinert stehen geblieben wäre, mitten auf der Strasse, das rot gefleckte Gesicht der Strassenbahn entgegenhaltend, auf meinen sicheren Tod wartend.

Das war Schicksal, sagt er, als wir an der Aare sitzen, zwischen uns Sandwiches und eine grosse Flasche Wasser, die er mir immer wieder hinhält, damit ich weder hungere noch durste. Ohne nachzudenken, habe ich dich am Arm gepackt und von den Gleisen gerissen, schwärmt er, und ich nicke und sage, beinah wäre ich gefallen, doch das wischt Matthias beiseite: Besser fallen als sterben, und ich beschliesse, nichts mehr zu sagen, vielleicht weil es mir gefällt, wie stolz und glücklich er ist, und vielleicht auch, weil seine Augenbrauen und Wimpern so blond sind wie seine langen Haare, die er im Nacken zu einem Zopf gebunden hat, womöglich aber auch, weil ich ahne, dass er – später am Abend, beim langsamen Nachhausegehen erst am Fluss entlang und dann durch die Stadt – so nah neben mir gehen wird, dass unsere Schultern aneinander stossen, und dass er dann irgendwann seine Finger zwischen meine stecken wird, und seine Hände werden viel wärmer sein als meine, was für kalte Hände du hast, wird er vielleicht sagen und ich werde antworten: Ja, aber bald werden sie wieder warm sein, das geht ganz schnell.

Auch wenn sich Matthias in Zukunft noch manchmal damit brüsten sollte, mir das Leben gerettet zu haben, werde ich nichts dagegen sagen, sondern einfach in die Runde nicken: Ja, sage ich dann vielleicht und lächle meinen hellen Geliebten mit den viel zu grossen Augen und Händen an, und weil er mich gerettet hat, gehöre ich nun ihm. Und wenn dann jemand, der sich für originell hält, fragt: Für immer? Oder ist die Dankbarkeit irgendwann abgegolten?, werde ich antworten: Das kann man nicht sagen, was kommt, weiss keiner. Aber manches – und an dieser Stelle werde ich dem Fragenden so direkt in die Augen blicken, dass er denkt, ich meine ihn – ist so beeindruckend, dass man es nicht vergisst.

Barbara Freigang

Keine Engel im Himmel

Roman

Sie schaffe das schon alleine, sagt die hochschwangere Sintia zu ihrem Freund Robert, dem Kontrabassisten, der zu einem Nachdiplomstudium nach Amerika aufbricht. Aber nach der Geburt des kleinen Bob erkrankt sie an einer Psychose, treibt in einen zerstörerischen Wahn hinein und erwacht in einer psychiatrischen Klinik, die sie vorerst für den Himmel hält und die Schwestern für Engel. Sie erinnert sich an nichts, fühlt sich ‹tot im Kopf›. Hat sie sich überfordert? Sie habe keine andere Wahl, als wieder gesund zu werden, wir brauchen dich, sagt Robert, der sofort zurückgekehrt ist. Der Weg in die so genannte Normalität ist steil, doch Sintia gelingt ein Neuanfang mit Freund und Baby – erst in Los Angeles, dann in Berlin, wo Robert eine Stelle bei den Philharmonikern findet.

Die Zusammenfassung einer solchen Geschichte muss sich dürr ausnehmen. Barbara Freigang, 1973 in Rapperswil geboren und heute in Zürich lebend, erzählt sie in ihrem ersten Roman vielschichtig, ironisch gebrochen, aufmerksam gegenüber ihrer autobiografischen Ich-Figur, rebellisch, frisch und gleichwohl zart. Lesend spürt man immer mehr Zuneigung für diese junge Frau, die mehr den Traum- und Märchenwelten zugehört. Tapfer geht sie durch die Türen der Klinik, ihr ‹Gefängnis›, hinaus in den Urlaub und kehrt wieder zurück, um die Kur hinter sich zu bringen. Sie vermisst spontane Herzlichkeit, kritisiert die ‹Pseudozuwendung› des medizinischen Personals.

Nach Barbara Freigangs Erleben wird der Kranke zu einem Menschen dressiert, der mit erstickten Gefühlen durch die Welt geht, ‹möglichst leise und möglichst unauffällig›. Mit wildem Aufruhr im Herzen fügt sie sich, nur um möglichst bald entlassen zu werden. So gerät der Klinikaufenthalt für die Patientin zum Extremstress, der sie vorerst zusammenbrechen lässt, als sie wieder zuhause ankommt. Dieses Buch ist ein engagiertes Plädoyer für all jene, die dem Traum näher als der Wirklichkeit stehen.

bei

Gisela Rudolf

… wenn du es nicht lassen kannst

Roman

Sie heisst Klara. Er heisst Egon. Sie nennen sich Tiger und Täubchen. Diese Zeiten sind aber schon lang vorbei. Zwanzig Jahre Ehe haben dem Leben das Lyrische genommen. Und wenn das Paar am Abend vor dem Spiegel die Zähne putzt, sieht sich Klara den nackten Egon an und muss an einen anderen Mann denken. Sie nennt ihn Ruedi. Eigentlich aber heisst er Rüdiger und wohnt in Berlin.

Klara berichtet über ihre Liebe aus der eigenen Perspektive. Diese Optik bestimmt die Verhältnisse. Nur in der Ferne ist ihr die Nähe möglich. Berlin wird zur Stadt der erfüllten Wünsche. Klara leistet sich im Hotel Adlon einen Kaffee. Sie kauft sich ein knallrotes Kleid. Sie zahlt die Zeche für ihren Liebhaber. Die Frau ist auf einem Ego-Trip. Bewusst setzt Klara nach ihrer Rückkehr die neu gewonnen Gefühle ein: gegen ihre Freundinnen, die ihr den jüngeren Lover neiden, gegen ihren Mann – als Rache auch für seine Affäre mit einer jüngeren Frau –, schliesslich auch gegen das eigene Dasein als Hausfrau. Fit sein für die zweite Lebenshälfte: Klaras fünfzigster Geburtstag wird zum grossen Triumph, auch ohne Zuwendung von Rüdiger. Alle haben jetzt die Frau lieb. Und auch Egon, der sonst leidenschaftlich über das Verhältnis der Schweiz zur EU diskutiert, kommt wieder mächtig in Fahrt.

Die Durchsichtigkeit der Verhältnisse lenkt aber von der eigentlichen Not der Menschen ab. Und hier wird der Roman interessant, weil er nicht nur von Liebe erzählt. Irritierend sind hier die ganz kleinen Sachen. Die verbotenen Küsse auf der Party. Die wüsten Wörter an der Weihnachtsfeier. Das Lamento der Frau über die Unerfülltheit des Lebens. Und ihr offensichtliches Lob der Gemütlichkeit: mit Kerze auf dem Nachttisch (als Zeichen für Paarungsbereitschaft), Marktbummel am Samstag, Sonntagsbrunch, etcetera. Berlin ist wieder ganz weit weg. Das macht den Roman zum geheimen Sittenbild der Generation der Fünzigjährigen am Jurasüdfuss.

Diese Menschen denken sich hier alle Möglichkeiten der Liebe aus, auch wenn sie ihnen fern liegt. Und wachen zuhause immer wieder aus diesem Traum auf. Klara wird dann von Egon gestreichelt. Come on, Tiger!

bu

Francesco Micieli

Blues.Himmel.

Ein Album

Es heisst, dass Francesco Micieli, als er sich daran machte, ‹Blues.Himmel.› zu schreiben, im Sinn hatte, ein Buch über den Blueser Chlöisu Friedli zu verfassen, über diesen hochbegabten Berner Pianisten, Improvisator und Liedermacher, der mit all seinen Talenten so quer und so dünnhäutig im Leben stand, dass er dieses schliesslich nicht mehr aushielt und aus ihm schied in bodenloser Traurigkeit. Chlöisu Friedli ist da in Micielis Buch, da allerdings nicht im Sinne einer handfesten, greifbaren Figur, sondern vielmehr in Form einer Stimmung, die sich zur Gestalt, zur redenden, handelnden Person verdichtet und sich dann wieder wie von selbst verliert im Nebel der Träume und der Betrübnisse.

Das Vermutete, das Erspürte, das Verschwimmende ist wichtiger für die Kennzeichnung dieses (und eigentlich eines jeden) Individuums als das Ereignishafte. «Was war schon Gewissheit?» überlegt sich Klaus denn einmal. Und ein anderes Mal, er wartet im Auto auf Nicola, um diesen heimzuführen, stellt er fest: «Wir gleichen uns immer mehr», und er meint damit weder Äusserlichkeiten noch eine eigentliche Schicksalsgemeinschaft, sondern eher die Einstellung zum Dasein, die Verletzlichkeit, das Sichalleinfühlen möglicherweise. Wenn darum im Verlaufe des Textes ein Ich auftritt und sich äussert, so ist es für die Lesenden nicht sofort und nicht zweifelsfrei klar, wer da nun spricht, Klaus oder Nicola – oder am Ende sogar der Autor selbst, der in diesem Gespinst von Visionen, Ängsten, Erinnerungen und Hoffnungen seine Stimme ebenfalls erhebt und damit die innere Verwandtschaft preisgibt zu den Geschöpfen seines Schreibens. Irho, der (schwangeren) Freundin von Klaus, ist in Micielis Buch gleichfalls eine wesentliche Rolle zugedacht, nämlich diejenige der teilnahmsvollen Begleiterin. Dabei wird auch bei ihr eine deutliche Abgrenzung vermieden.

Micieli verzichtet in seinem Buch – einem Buch der Melancholie, aber auch der Nähe und Wärme von Menschen – auf ein kontinuierliches Erzählen. Er formt vielmehr kurze, eindringliche, jedoch zurückhaltend kolorierte Szenen, in denen vor allem ein einzelner, ein Vereinzelter auftritt und uns und sich selbst dann wieder leise abhanden kommt. *cc*